Alfred Wallon
ENDSTATION

Bereits in dieser Reihe erschienen:

7001 Stefan Melneczuk, Marterpfahl
7002 Frank W. Haubold, Die Kinder der Schattenstadt
7003 Jens Lossau, Dunkle Nordsee
7004 Alfred Wallon, Endstation
7005 Angelika Schröder, Böses Karma

Alfred Wallon

ENDSTATION

Ein Marburg-Krimi

ALFRED WALLON, Jahrgang 1957, ist seit 1981 als Schriftsteller tätig. Bis heute hat er 150 Heftromane sowie 45 Taschenbücher, Paperbacks und Hardcovers in allen gängigen Genres der Spannungs- und Unterhaltungsliteratur veröffentlicht. Sein Faible gilt dem historischen Western. Wallon ist Mitglied bei den Western Writers of America.

© 2012 by BLITZ-Verlag
Redaktion: Jörg Kaegelmann
Titelillustration: Jörg Jaroschewitz
Umschlaggestaltung und Satz: Mark Freier
Druck: CPI, Clausen & Bosse, Leck
Printed in Germany
All rights reserved
www.BLITZ-Verlag.de
ISBN 978-3-89840-014-5

Sommer

Es war ein trüber und wolkenverhangener Tag, als Manfred Hellmer die Goldbergstraße hinter sich ließ und an der ersten Ampel rechts auf der Umgehungsstraße weiterfuhr. Sein Ziel war das Uni-Klinikum, das sich außerhalb von Marburg auf den Lahnbergen befand. Dort arbeitete er seit fünfzehn Jahren als Krankenpfleger. In dieser Woche hatte er Spätschicht. Sein Dienst begann um vierzehn Uhr, aber er fühlte sich jetzt schon, als hätte er vierundzwanzig Stunden an einem Stück gearbeitet. Er schlief unruhig und das seit Wochen. Immer wieder suchten ihn Albträume heim, die ihn keine Ruhe finden ließen. Jedes Mal, wenn er aufwachte, war er schweißgebadet, weil es ihm nicht gelungen war, die Vergangenheit festzuhalten. Die Vergangenheit hatte für ihn bisher immer Sicherheit bedeutet. Dies hatte sich auf tragische Weise verändert.

Während er die Zufahrt zum Botanischen Garten passierte, überholte ihn ein Mercedes mit hoher Geschwindigkeit und scherte kurz darauf so unvermittelt vor ihm ein, dass Hellmer stark abbremsen musste. Er fluchte und hupte wütend, doch das schien den Mercedesfahrer nicht zu interessieren, stattdessen bog er knapp hundert Meter weiter rechts ab, in die Zufahrt zum Fachbereich Chemie der Philipps-Universität. Im ersten Moment überlegte Hellmer, ob er dem Wagen folgen und den Fahrer zur Rede stellen sollte. Ein Blick auf seine Armbanduhr riet ihm davon ab, heute war er spät dran. Er musste sich sputen, um pünktlich auf der Station zu sein.

Hellmer wechselte mit seinem roten Peugeot 307 auf die linke Spur und bog kurz darauf in den Kreisel ein, der zu den Parkplätzen vor dem Klinikum führte. Dort folgte er den Hinweisschildern zu den für das Personal ausgewiesenen Stellplätzen. Die befanden sich im unteren Bereich des sich über mehrere Ebenen erstreckenden Parkareals. Das Uni-Klinikum war fast ein eigener Stadtteil. In den letzten zwanzig Jahren hatte man hier einen Gebäudekomplex nach dem anderen aus dem Boden gestampft und die damals noch alle im Zentrum von Marburg gelegenen Kliniken unter einem Dach vereint. Das Frauen- und Kinderzentrum, das weiter östlich errichtet worden war, symbolisierte die neueste Entwicklung, die mit dem Namen Rhön-Klinikum verbunden worden war. Diese privat betriebene Klinikgruppe hatte sich vor einigen Jahren nicht nur das Uni-Klinikum Marburg einverleibt, sondern auch die Gießener Uni-Klinik. Seitdem herrschten hier überwiegend privatwirtschaftlich orientierte Richtlinien, und das hatte in den letzten Monaten für starke Unruhe bei der Belegschaft gesorgt. Es hatte eine Zeit gegeben, in der sich Manfred Hellmer für all dies noch interessiert hätte. Aber das galt jetzt nicht mehr. Für ihn war die tägliche Fahrt zum Schichtantritt nur noch ein notwendiges Übel und gleichzeitig der Garant dafür, dass am Monatsende sein Gehalt gezahlt wurde. Motivation und Freude an seiner Arbeit zählten nicht mehr.

Hellmer parkte seinen Wagen und stieg aus. Früher hatte er oft gelacht, aber auch dies war Vergangenheit. Stattdessen wirkte sein Blick verbittert und geistesabwesend. Hellmer wurde reizbar und das kannten seine Kollegen inzwischen zur Genüge.

„Hallo Manfred!", riss ihn eine helle Stimme aus seinen Gedanken. Er drehte sich um und erkannte Susanne Hasselbach, die als Krankenschwester auf der gleichen Station arbeitete. Auch an diesem Mittag schenkte sie ihm ein freundliches Lächeln, sie kannte Hellmers private Probleme.

„Hallo Susanne", erwiderte Hellmer knapp. Seine Miene war so abweisend, dass Susannes anfängliches Lächeln gefror.

„Jetzt warte!", ließ ihn Susannes Stimme innehalten. „Hast du dich mal im Spiegel angesehen, Manfred? Mit deiner Miene könntest du kleine Kinder erschrecken!"

Äußerlich blieb Hellmer ruhig, als er sich zu ihr umdrehte. „Susanne, ich fühle mich nicht wohl und habe auch keine Lust auf Smalltalk. Und was deine offensichtlichen Mitleidsbekundungen angeht: Ich bin nicht scharf darauf, mir das anzuhören. Hast du das begriffen? Wenn ja, sage es gleich auch den anderen Kollegen, damit hier klare Verhältnisse herrschen."

Susanne blickte Hellmer an. Eigentlich hatte sie nur nett zu ihm sein wollen. Hellmer deutete ihren Blick richtig und das regte ihn noch mehr auf. Er blieb am Ende des Parkplatzes stehen und geriet, wie schon oft in den letzten Tagen, in sekundenlanges Grübeln. Auf Mitgefühl konnte er verzichten. Susanne begriff nicht, wie er sich fühlte. Im Gegensatz zu ihm lebte sie seit fast zehn Jahren in einer funktionierenden Partnerschaft. Er hatte einige Beziehungen hinter sich, die nie lange gehalten hatten. Manchmal hatte er sich gefragt, warum das so war. Irgendwann hatte er für sich akzeptiert, dass ihm das Schicksal in Bezug auf Frauen immer im letzten Moment einen Strich durch die Rechnung machte. Obwohl er sich doch stets bemüht hatte. Die einzige Konstante in den letzten drei Jahren war seine Mutter Marianne gewesen. Als sein Vater vor drei Jahren gestorben war und sich ein Jahr später herauskristallisiert hatte, dass seine Mutter allein nur schwer zurechtkam, war es für Manfred

Hellmer selbstverständlich gewesen, sie zu sich zu nehmen. In dem älteren Haus, das er zwar günstig gekauft, aber mithilfe der Bank finanziert hatte, gab es eine kleine aber gemütlich eingerichtete Einliegerwohnung. Seine Mutter hatte ihn beim Bezahlen des Kredits regelmäßig unterstützt. Bis zu ihrem Tod vor einigen Monaten.

Es war alles schnell gegangen. Zuerst die Schmerzen im Bauchbereich, der Besuch beim Arzt und der schreckliche Befund: Darmkrebs. Das Todesurteil. Hellmer hatte seine Mutter zu einer Chemotherapie überreden können, aber die Behandlung hatte nicht angeschlagen, weil der Krebs im fortgeschrittenen Stadium war. Hier im Uni-Klinikum war sie zuletzt nur noch ein Schatten ihrer selbst gewesen. Ein vom Krebs gezeichneter Körper, der an zahlreichen Schläuchen und Geräten hing, bis irgendwann auch der letzte Überlebenswille erloschen war. Für Hellmer war eine Welt zusammengebrochen. Die Beziehung zu seiner Mutter war sehr innig gewesen. Der Tod des Vaters hatte Mutter und Sohn zusammengeschweißt, so war das Leben trotz seiner emotionalen Einsamkeit halbwegs erträglich für ihn gewesen. Aber jetzt fühlte er sich zum ersten Mal wirklich allein.

Seufzend passierte er den Haupteingang des Klinikums und warf im Vorbeigehen einen kurzen Blick auf die Zeitungen im Kiosk. Eine Motorzeitschrift weckte sein Interesse. Er blätterte darin herum und vergaß für einen Moment, dass er längst auf der Station hätte sein müssen.

„Manfred, du solltest dich beeilen!" Es war wieder Susanne Hasselbach.

„Ja doch", brummte er und folgte seiner Kollegin zum nächsten Fahrstuhl, der zur Station 113 im ersten Stock des Klinikkomplexes führte.

„Die Stationsleitung hat nach dir gefragt", sagte Susanne.

„Ich habe der Oberschwester gesagt, dass du im Haus bist und nur in der Verwaltung noch etwas erledigt hast."

„Danke, Susanne", erwiderte Hellmer mit einem angedeuteten Lächeln. „Tut mir leid, wenn ich eben kurz angebunden war. Ich habe nicht dich damit gemeint."

„Ich weiß, Manfred. Vielleicht solltest du mal ausgehen und dich nicht andauernd in deinen eigenen vier Wänden in Cappel verkriechen. Auf die Dauer ist das ganz schön langweilig, oder?"

„Ich komme schon klar damit, wie es jetzt ist", erwiderte Hellmer, während sich die Tür des Fahrstuhls öffnete und die beiden die Kabine betraten. „Zerbrich dir nicht deinen schönen Kopf über mich. Du hast bestimmt Besseres zu tun."

„Wir sind seit fast zehn Jahren Kollegen", erwiderte Susanne. „Da ist man sich nicht mehr fremd."

Hellmer war froh, als sich die Fahrstuhltür öffnete. Private Gespräche unter Kollegen waren ihm ein Gräuel. Er hatte eine Mauer um sein Ich errichtet und diese seelische Isolation half ihm, zu verarbeiten, was mit seiner Mutter geschehen war. In Wirklichkeit wurde die permanente Einsamkeit mit jedem weiteren Tag nach der Beerdigung schlimmer und beherrschte seine Gedanken so sehr, dass es bei ihm immer wieder zu unkontrollierten Reaktionen kam. Dies sollte auch heute geschehen, doch davon ahnte Hellmer noch nichts.

*

„Ihre Schicht beginnt um vierzehn Uhr, Herr Hellmer", sagte Oberschwester Karin Schulz mit kritischem Blick. „Sie sind fast eine Viertelstunde zu spät und stören die weiteren Abläufe."

Im ersten Moment lag Hellmer eine heftige Erwiderung auf der Zunge, aber dann sah er den beschwörenden Blick seines Kollegen Dirk Bergmann und verzichtete darauf. „Ich musste noch etwas in der Verwaltung abgeben", erwiderte er. „Aber jetzt bin ich da. Ich denke nicht, dass wegen einer Viertelstunde die Welt untergeht."

„Wir arbeiten hier nach einem bestimmten Konzept", antwortete die Oberschwester scharf. „Das dürften Sie doch verstanden haben, oder brauchen Sie ein zweites Gespräch mit der Personalverwaltung, damit Sie endlich begreifen, was man von Ihnen erwartet? Ihre privaten Probleme sind verständlich ... trotzdem wünsche ich keine weitere Verspätung. Haben Sie das verstanden, Herr Hellmer?"

„Klar und deutlich."

Die Oberschwester setzte ihren Gang durch die Station fort, ohne ihn eines weiteren Blickes zu würdigen. Erst als sie aus Hellmers Blickfeld verschwunden war, hob dieser den rechten Mittelfinger und ließ damit auch seine Kollegen wissen, was er von Karin Schulz hielt.

„Was schaut ihr so entsetzt drein?", fragte er Susanne, Dirk und zwei weitere Krankenpfleger, die seine Geste gesehen hatten. „Jetzt sagt mir nicht, dass ihr dieses arrogante Weib so ohne Weiteres als Chef akzeptiert. Die ist doch ..."

„Manfred, jetzt beruhige dich", fiel ihm Dirk ins Wort. „Du tust dir damit keinen Gefallen, wenn du weiter herumnörgelst. Du weißt, dass Doktor Staudenbach nur auf eine passende Gelegenheit wartet. Mach es ihm nicht zu leicht. Und jetzt lass uns endlich an die Arbeit gehen."

Hellmer nickte seufzend und zog sich um. Anschließend ging er zusammen mit Dirk durch die verschiedenen Zimmer, um nach den Patienten zu sehen. An diesem Nachmittag blieb zum Glück alles ruhig und die Tätigkeiten des

Krankenpflegepersonals verliefen routinemäßig. Trotzdem hatte Hellmer Mühe, sich auf seine Arbeit zu konzentrieren. Das blieb bis zum Feierabend so, dann konnte er endlich nach Hause fahren. Mit der Einsamkeit in den eigenen vier Wänden hatte er immer besser umgehen können, als mit den Launen von Vorgesetzten und Kollegen.

*

Hellmer hatte das Klingeln seines Weckers nicht gehört. Als er die Augen aufschlug und entsetzt feststellte, dass es bereits Mittag war, verflog die Müdigkeit schlagartig.

Mist, jetzt komme ich wieder zu spät, dachte er, während er aufstand und im selben Moment einen heftigen Kopfschmerz fühlte. Er wankte ins Bad, stellte sich unter die Dusche und genoss das heiße Wasser, das die letzte Müdigkeit vertrieb. Die Zunge in seinem Mund fühlte sich wie ein dicker, pelziger Klumpen an. Hellmers Gesicht war blass, als er sich im Spiegel anschaute. Dass er sich nicht wohlfühlte, konnte man ihm ansehen. Der eine oder andere würde wieder hinter seinem Rücken über ihn reden. *Der Hellmer schafft das nicht. Der hat wieder getrunken. Mein Gott, was ist das für ein Jammerlappen!* So oder so ähnlich würden die Bemerkungen sein, das wusste er.

Als er sich anzog und im Stehen noch eine Tasse Kaffee trank, war es fast vierzehn Uhr. Er musste sich sputen. Hastig verließ er das Haus und ging zur Garage. Die alte Frau Balzer, die in diesem Moment am Grundstück vorbeikam und ihm etwas zurief, ignorierte er. Mit Vollgas fuhr er vom Hof.

Über dem Richtsberg zogen dunkle Wolken auf, wenige Minuten später fielen die ersten Regentropfen. Dieses trübe Wetter, das seit Tagen andauerte, trug nicht dazu bei, seine Laune zu heben. Die Fahrt bis zum Parkplatz des Uni-Klinikums schaffte er in einer knappen Viertelstunde. Er würde zu spät kommen, egal wie sehr er sich auch beeilte. Er entwickelte eine stoische Gleichgültigkeit, als er über den Parkplatz zum Eingang schritt und wenige Augenblicke später mit dem Lift zur Station 113 fuhr. Heute begrüßte ihn noch nicht einmal sein Kollege Dirk Bergmann, als er die Station betrat und sich umzog. Zum Glück war die Oberschwester nicht in der Nähe, sonst hätte es gleich wieder einen Vortrag über Pünktlichkeit gegeben.

Er bemerkte, wie Susanne Hasselbach mit ihrer Kollegin Anke Schulz redete, als er vorbeiging. Das Gespräch brach ab, die beiden blickten in eine andere Richtung.

„Dirk, was ist hier los?", fragte Hellmer seinen Kollegen, als er für einen kurzen Moment mit ihm allein war. „Ist euch allen an diesem Morgen eine Laus über die Leber gelaufen?"

„Eher über deine Leber." Bergmann griff in die Hosentasche und holte eine Rolle Pfefferminz hervor. „Nimm besser zwei davon, dann merkt man es nicht so."

Hellmer war klar, was ihm sein Kollege damit hatte sagen wollen. „Das war nicht geplant, Dirk. Ich hatte einen Scheißtag hinter mir und …"

„Da bist du nicht der Einzige", fiel ihm Bergmann ins Wort. „Du hast keine Ahnung, was hier im Moment los ist, oder?" Er sah, wie Hellmer den Kopf schüttelte und fuhr fort: „Seit heute früh tagt der Betriebsrat mit der ärztlichen Leitung des Klinikums. Die ersten Gerüchte verbreiten sich bereits. Personal wird ausgelagert, zusätzliche Stellen werden angeblich gestrichen."

„Echt?", fragte Hellmer unsicher. Wahrscheinlich hatte die oberste Heeresleitung des Rhön-Klinikums wieder einige

Rationalisierungsmaßnahmen vorgeschlagen und die Mitarbeiter zahlten die Zeche. So war es immer gewesen. Hellmer wusste dies aus Erzählungen anderer Kollegen.

„Wenn du dich nicht andauernd verkriechen würdest, wüsstest du das auch, Manfred. Aber du interessierst dich in letzter Zeit nicht mehr für das, was um dich herum geschieht. Ist dir egal, wie es um deinen Arbeitsplatz bestellt ist? Da müsstest du dir jetzt erst recht Sorgen machen und ..."

„Weil ich auf der Abschussliste stehe. Ist es das?" Hellmers Erwiderung kam heftiger über seine Lippen, als er das gewollt hatte. Hinterher tat es ihm leid, dass er so impulsiv reagiert hatte. Aber er kam nicht mehr dazu, sich bei Bergmann zu entschuldigen, denn in diesem Moment betrat Dr. Staudenbach die Station, wie immer in der üblichen Hektik. Sein Blick erfasste alles und jeden und blieb für einen kurzen Moment auf Hellmer haften. Zumindest kam es Hellmer so vor. Doch er musste sich mit seinen Kollegen um die Patienten kümmern. Er verrichtete seinen Dienst zügig, auch wenn er sich ab und zu bei einem Gähnen ertappte und öfter in die Küche ging, um einen Schluck Mineralwasser zu trinken. Er hätte seinen Kummer gestern Abend besser nicht in Wodka ertränken sollen. Die Folgen spürte er und die Zeit bis zur ersten Pause kam ihm unendlich lang vor.

„Was ist los mit dir?", wollte Bergmann von ihm wissen, als er sich später in der Kantine zu Hellmer setzte. „Gibt's einen Grund, warum du dir gestern Abend die Kante gegeben hast?"

„Keinen triftigen", brummte Hellmer. „Es ist eben passiert. Das ist alles."

„Doktor Staudenbach wird das aber nicht akzeptieren, wenn er es bemerkt, Manfred. Du musst vorsichtiger sein, sonst stehst du als Erster auf der Abschussliste. Vermutlich hat ihm die Oberschwester einiges erzählt."

„Das ist mir klar. Ich werde mich ab sofort zusammenreißen und mich nicht mehr hängen lassen. Ich glaube, ich sollte auch wieder unter Menschen gehen."

„Gute Idee. Das bringt dich auf andere Gedanken. Vielleicht kriegst du auch bald mal eine gute Frau ab." Während Bergmann das sagte, grinste er. Hellmer saß mit dem Rücken zum Kantineneingang und hatte Tanja Struck, die Chefsekretärin des ärztlichen Direktors, nicht hereinkommen sehen. Dass sie ihren Blick suchend umherschweifen ließ, hatte Dirk hingegen bemerkt. Nun hatte sie Hellmer erspäht und steuerte auf ihn zu.

„Auf der Station haben sie gesagt, dass du gerade Pause machst, Manfred", sagte sie zu ihm und nickte Bergmann kurz zu. „Wenn du fertig bist, kommst du bitte zu mir?"

„Gerne. Gibt's was Wichtiges?"

„Der Chef will dich sprechen", erwiderte Tanja langsam. „Der Betriebsrat ist auch mit dabei. Manfred, ich habe keine Ahnung, was das zu bedeuten hat. Wirklich nicht."

Hellmer fühlte sich überrumpelt. Es nutzte nichts, sich jetzt darüber den Kopf zu zerbrechen. Er würde erst Klarheit haben, wenn er diesen Termin wahrnahm. Gegen ungerechte Vorwürfe würde er sich zu wehren wissen. Schließlich war auch der Betriebsrat bei diesem Gespräch anwesend.

„Ich komme gleich mit", entschied Hellmer, nachdem er den letzten Schluck Kaffee getrunken hatte. „Schließlich sollte man die hohen Herren nicht unnötig warten lassen."

Tanja erwiderte nichts. Sie wich seinen Blicken aus. Träge folgte er ihr über die langen Flure bis hin zum Verwaltungstrakt. Hin und wieder versuchte er auf dem Weg dorthin ein zwangloses Gespräch mit Tanja anzufangen, doch sie blieb zurückhaltend.

„Warte einen Moment", bat Tanja, als sie das Büro erreichten. „Ich sage dem Chef eben Bescheid."

Hellmer musste nicht lange warten. Tanja kam zurück und forderte ihn mit einer stummen Geste auf einzutreten. Sie wich dabei seinen fragenden Blicken aus.

Als Hellmer das großzügig und edel eingerichtete Büro des ärztlichen Direktors betrat, blickte ihn Professor Bernhardt kurz an. Der Direktor begrüßte ihn förmlich und forderte ihn auf, am Tisch Platz zu nehmen. Dort saßen bereits Dr. Staudenbach und Mirko Brock vom Betriebsrat.

„Vielen Dank, dass Sie so schnell kommen konnten, Herr Hellmer", begann Professor Bernhardt. „Aus wichtigem Anlass musste ich sie her zitieren, habe deshalb auch Herrn Brock vom Betriebsrat dazu gebeten, weil die ganze Sache ein wenig ... heikel ist."

„Sie müssen etwas deutlicher werden, Herr Professor", sagte Hellmer. „Mir kommt es vor, als würde Gericht über mich gehalten. Warum ist Doktor Staudenbach bei diesem Gespräch mit dabei?"

„Doktor Staudenbach ist der verantwortliche Oberarzt von Station 113 und Ihr direkter Vorgesetzter", erwiderte Professor Bernhardt knapp. „In Personalangelegenheiten muss er ebenso befragt werden wie der Betriebsrat und ..."

„Habe ich verschreibungspflichtige Medikamente geklaut oder was soll das Ganze hier?", fiel ihm Hellmer barsch ins Wort. Im Hintergrund verdrehte Brock entsetzt die Augen. „Reden Sie nicht um den heißen Brei herum, sagen Sie mir bitte, um was es geht. Ich bin kein kleines Kind mehr."

„Das ist es, was ich gemeint habe, Herr Professor", seufzte

Dr. Staudenbach. „Sein Verhalten ist aggressiv und kontraproduktiv für den Teamgeist auf unserer Station."

„Ich möchte Sie daran erinnern, dass Herr Hellmer die letzten fünfzehn Jahre ohne jegliche Probleme seinen Dienst im Klinikum verrichtet hat, Doktor Staudenbach", griff Brock in seiner Eigenschaft als Betriebsrat ein. „Dieses *Verhalten*, wie Sie es nennen, wurde erst zum Thema, als Sie die Leitung der Station übernahmen. Ich erinnere an die Beurteilung, die Sie Schwester Susanne gegenüber abgegeben haben und ..."

„Das ist im Augenblick nicht das Thema, Herr Brock!" Professor Bernhardt versuchte die Situation zu entspannen. „Wir sind hier, um mit Herrn Hellmer über das Jetzt und Heute zu sprechen."

Dutzende von Gedanken schossen Hellmer in diesen Sekunden durch den Kopf. Die Befürchtung, die er beim Betreten des Büros hatte, wurde konkreter.

„Herr Hellmer, ich muss Ihnen leider mitteilen, dass wir Ihnen zum Ende dieses Monats eine betriebsbedingte Kündigung aussprechen werden." Der ärztliche Direktor brachte es auf den Punkt. „Ich bitte Sie, ganz ruhig zu bleiben. Es gibt Gründe, die ich Ihnen gerne erklären möchte."

„Kündigung ...?", murmelte Hellmer kopfschüttelnd. „Aber das kann ..." Sein Blick richtete sich auf Dr. Staudenbach. „Was zum Teufel hat er Ihnen über mich erzählt, dass Sie mir kündigen wollen?"

„Die Wahrheit ... was sonst?", entgegnete Dr. Staudenbach mit einem abfälligen Lächeln.

„Einen Augenblick, Manfred", versuchte Brock Hellmer zu beruhigen. „Der Betriebsrat weiß natürlich von deinen privaten Problemen und wir haben das auch in die Waagschale geworfen, als es darum ging, den Sozialplan aufzustellen."

„Was für ein Sozialplan?", fragte Hellmer. „Kann es sein, dass jeder Bescheid weiß, nur ich nicht?"

„Wir wollten die Belegschaft nicht unnötig beunruhigen", antwortete Brock. „Das ist keine einfache Sache, von der wir hier reden. Es handelt sich um einschneidende Maßnahmen. Glaub nicht, dass es uns leicht gefallen ist, diesen Maßnahmen zuzustimmen. Aber wir vom Betriebsrat hatten Einsicht in diese Pläne. Wir haben auch den Auslagerungen zugestimmt, damit sich das Maß der Stellenstreichungen in einem vernünftigen Rahmen hält und ..."

„Vernünftig?" Hellmer konnte über diese Äußerung nur den Kopf schütteln. „Hinter jeder Stelle steckt ein Mensch, dessen Existenz gefährdet ist."

„Darüber hätten Sie besser nachdenken sollen, bevor es zu den Unregelmäßigkeiten kam, Herr Hellmer", warf Dr. Staudenbach ein, der diese Situation sichtlich genoss. „Wir haben Ihnen mehr als eine Chance gegeben. Sie haben die Zeichen der Zeit jedoch nicht erkannt. Da ist es logisch, auf wen die Wahl fällt, wenn Rationalisierungsmaßnahmen eingeleitet werden."

„Auch wenn Sie das jetzt nicht hören wollen", ergriff der ärztliche Direktor das Wort. „Wir hatten einfach keine andere Wahl. Bevor wir diese Entscheidung treffen mussten, haben wir kompetente Ratschläge eingeholt."

„Wahrscheinlich von windigen und teuren Unternehmensberatern", unterbrach ihn Hellmer, der seine grenzenlose Enttäuschung nicht mehr länger zurückhalten konnte. „Das ist mir klar, Herr Professor. Seien Sie stolz darauf, dass Sie eine weitere Existenz und das Leben eines Menschen zerstört haben!"

„Ich bitte Sie ernsthaft, auf den Boden der Tatsachen zurückzukehren, Herr Hellmer", bemerkte Professor Bernhardt und runzelte die Stirn. „Natürlich soll diese Umstellung nicht ganz so hart für Sie ausgehen. Die betriebsbedingte Kündigung wird zum Ende dieses Monats wirksam und wir erkennen Ihre Leistung auch mit einer außertariflichen Sonderzahlung an."

„Soll ich mich für diese unglaubliche Großzügigkeit auch noch bedanken, Herr Professor?" Hellmer wurde laut. „Ist das der Lohn für meinen Einsatz über viele Jahre lang?" Er hatte sich so in Rage geredet, dass er nicht länger still sitzen konnte. Sein Stuhl fiel nach hinten.

„Herr Hellmer, Sie nehmen Ihren Resturlaub am besten gleich in Anspruch", schlug der Professor vor. „Denken Sie in Ruhe über alles nach. Die Sonderzahlung wird Ihnen helfen, über die Runden zu kommen. Es ergeben sich für Sie bestimmt neue Perspektiven."

Hellmer bekam nur am Rande mit, was Professor Bernhardt ihm klarmachen wollte. Mit hastigen Schritten verließ er das Büro. Brock erhob sich ebenfalls und versuchte Hellmer erfolglos zurückzuhalten, der demonstrativ an Tanja vorbei sah, als er durch den Vorraum ging. Die Sekretärin schaute zur Tür ihres Chefs, die jetzt geschlossen war. Darauf hatte sie gewartet. Sie erhob sich und lief Hellmer hinterher. Sie holte ihn erst ein, als er den Verwaltungstrakt fast verlassen hatte.

„Manfred! Jetzt warte!", rief sie ihm zu. „Ich muss mit dir reden. Bitte!"

„Ich wüsste nicht über was, Tanja", erwiderte Hellmer, drehte sich dann aber doch zu ihr um. „Du hast davon gewusst … gib es zu."

„Nein", erwiderte Tanja. „Zumindest nicht, dass es um dich ging. Manfred, mir tut das sehr leid, das musst du mir glauben. Natürlich weiß ich als Chefsekretärin, dass einige

Stellen abgebaut werden sollen. Aber dass es auch dich betraf, wusste ich erst, als Doktor Staudenbach mit im Büro saß. Er muss in dem Moment ins Büro gekommen sein, als ich losging, um dich zu suchen."

„Klingt ein bisschen weit hergeholt ... findest du nicht auch?", entgegnete Hellmer mit unterdrückter Wut. „Was weißt du wirklich?"

„Dafür ist jetzt und hier nicht der richtige Zeitpunkt", erwiderte sie ausweichend und schaute sich kurz um, ob noch jemand Zeuge dieses Gespräches wurde. Hellmer bemerkte, dass es ihr peinlich war. Das reichte für ihn aus, sie einfach stehen zu lassen. Er wollte kein weiteres Wort mehr mit ihr wechseln. Er rannte jetzt, zurück zur Station 113. Dort hatte sich herumgesprochen, dass Hellmer einen Termin bei Professor Bernhardt gehabt hatte, und entsprechend neugierig waren die Blicke. Hellmer kümmerte sich nicht darum. Er zog sich um und packte seine Tasche.

„Manfred, was ist los?", wollte sein Kollege Bergmann von ihm wissen, als Hellmer im Begriff war, die Station zu verlassen. „Bitte sag doch was!"

„Reden nützt nichts mehr, Dirk", winkte Hellmer ab. „Sie haben mir den Laufpass gegeben. Betriebsbedingte Kündigung. Mal sehen, wen es als Nächsten erwischt."

„Das gibt's doch nicht!" Bergmann griff nach Hellmers Arm. „Mensch, Manfred, ich habe nichts davon geahnt, sonst hätte ich ..."

„Einer mehr von diesen Ahnungslosen um mich herum, wie?"

Bergmann blickte betreten zu Boden.

*

Samstag, 25. September 8.30 Uhr.
Im Wald zwischen Cappel und der Burgruine Frauenberg
Manfred Hellmer gähnte, während er zum wiederholten Male einen ungeduldigen Blick auf seine Armbanduhr warf. Ihm kam es wie eine halbe Ewigkeit vor, seit er hier in der Nähe des Waldweges zwischen den Büschen wartete und hinüber zu dem kleinen Parkplatz schaute, an dem die Straße zum Cappeler Berg hinunterführte.

Warum kommt sie nicht?, dachte Hellmer. *Sie ist doch sonst immer pünktlich. Jeden Samstagmorgen um die gleiche Zeit. Acht Uhr dreißig. Warum in aller Welt heute nicht?*

Erneut riskierte er einen Blick aus dem Gebüsch, aber von Nadine Hagedorn war weit und breit keine Spur zu sehen. Ob sie verschlafen hatte? Möglich war es, schließlich war Wochenende, und da gingen viele den Samstagmorgen ruhiger an. Aber Nadine Hagedorn war kein Mädchen, das von Freitagabend bis in den nächsten Tag Party machte. Das hatte Hellmer mittlerweile herausgefunden. Sie hatte Prinzipien, und dazu gehörte auch das Joggen am frühen Samstagmorgen. Immer die gleiche Strecke. Von der Vogelsbergstraße ein Stück die Landstraße hinauf bis zum Parkplatz, und in den Wald hinein. Dieser Weg wurde oft von Joggern und Nordic Walkern benutzt. Er führte in einem Bogen zur Burgruine Frauenberg, die sich gut eineinhalb Kilometer oberhalb des Parkplatzes erhob und ein beliebtes Ausflugsziel für viele Bürger aus Marburg und der angrenzenden Gemeinde Ebsdorfergrund war.

Aber so früh am Morgen ließ sich hier kaum ein Jogger blicken. Erst recht nicht, wenn noch dichter Nebel über den Wiesen hing und zumindest heute Morgen die Sicht gerade mal fünfzig Meter betrug. Für Hellmers Vorhaben waren das jedoch ideale Voraussetzungen. Dieses trübe und nasskalte Herbstwetter herrschte seit einer knappen Woche vor und würde sich auch in den nächsten Tagen nur wenig ändern. Das Wetter war ein Spiegelbild von Hellmers Laune, die mittlerweile den sprichwörtlichen Nullpunkt erreicht hatte. Je mehr er an seine eigene persönliche Situation dachte, umso klarer wurde ihm, dass er diesen letzten und entscheidenden Schritt gehen musste. Eine andere Lösung gab es für ihn nicht.

Er hatte lange genug überlegt, welche folgenschweren Risiken er mit seinem Vorhaben eingehen musste. Doch wenn einem das Wasser bis zum Hals steht, überlegt man nicht lange, sondern greift nach jedem noch so erdenklichen Strohhalm. Und für Hellmer war dieser Strohhalm eine siebzehnjährige Schülerin namens Nadine Hagedorn! Er wurde aus seinen Gedanken gerissen, als er eine Gestalt drüben bei der Straße aus den Nebelschleiern auftauchen sah. Sie lief in gleichmäßigem Tempo auf den Parkplatz zu, hielt dann aber inne. Sie schaute kurz in die Richtung, wo sich Hellmer verborgen hielt.

Da ist sie! Sie telefoniert! Auch das noch. Verdammt, warum jetzt?

Jetzt musste alles ganz schnell gehen. Er vergewisserte sich, dass Nadine allein war und sich keine anderen Jogger in der Nähe aufhielten. Die anfängliche Nervosität legte sich und machte einer Kälte Platz, die seit einigen Wochen sein ständiger Begleiter war. Er hoffte, dass Nadine endlich ihr Telefonat beendete. Hellmers Gedanken drifteten für einen kurzen Moment ab, während er Nadine beim Telefonieren beobachtete. Bitterkeit erfasste ihn, als er ihr helles Lachen hörte. Es klang unbeschwert und lebensfroh. Sie musste keine Schicksalsschläge so wie er erleiden. Seine berufliche Existenz und sein finanzieller Rückhalt waren zerstört.

Und deswegen werde ich Nadine Hagedorn entführen!

Nadine hatte ihr Telefonat beendet, und setzte ihren Weg durch den Wald fort. Und je mehr sie sich der Stelle näherte, an der sich Hellmer zwischen den Büschen verborgen hielt, desto nervöser wurde Hellmer. Er wagte kaum zu atmen. Nun stand der entscheidende Moment, auf den er sich seit Tagen vorbereitet hatte, unmittelbar bevor. Nichts und niemand würde ihn jetzt noch von seinem Vorhaben abbringen können. Es gab nur diesen Weg, der ihn aus der Sackgasse des Lebens führen konnte. Persönlich hatte er nichts gegen Nadine Hagedorn. Sie war nur das Mittel zum Zweck, und die Tochter des Mannes, der ihm im entscheidenden Moment die Hilfe verweigert hatte. Dafür würde ihr Vater jetzt die Quittung bekommen und am eigenen Leibe erfahren, was es bedeutete, wenn man über Nacht in eine persönliche Ausnahmesituation geriet.

Als Nadine näherkam, streifte sich Hellmer eine Skimütze über, die den größten Teil seines Gesichtes bedeckte und nur die Augen frei ließ. Nadine durfte ihn auf keinen Fall erkennen. Alles, was er in seiner Verzweiflung geplant hatte, konnte nur funktionieren, wenn das Mädchen in ihm einen Unbekannten sah und nicht den Mann, der ebenfalls in Cappel wohnte und dessen Haus gerade mal einen guten Kilometer Luftlinie vom Haus ihrer Eltern entfernt war.

Hellmer hielt die Spritze griffbereit, in der sich ein starkes Betäubungsmittel befand. Als Krankenpfleger war es für ihn kein Problem gewesen, sich dies alles zu beschaffen. Als seine Mutter noch gelebt hatte, hatte sie, wenn sie von der Klinik nach Hause gekommen war, ab und zu Ruhe nach der Chemotherapie gebraucht. Und um ihre Schmerzen zu lindern, hatte ihr Hellmer des Öfteren ein Sedativum verabreicht, damit sich der geschwächte Körper erholen konnte. Damals konnte er noch nicht wissen, dass er die Spritzen möglicherweise einmal anders verwenden würde. Zu diesem Zeitpunkt hatte sich sein Leben noch in geregelten Bahnen befunden.

Jetzt war Nadine noch knapp zwanzig Meter von ihm entfernt. Hellmer duckte sich und wartete geduldig ab, bis sie auf seiner Höhe war. Dann kam der entscheidende Moment. Hellmer erhob sich blitzschnell und sprang das Mädchen an, als sie fast an ihm vorbei war. So konnte Nadine allenfalls nur einen dunklen Schatten sehen, und eine kräftige Hand, die sich auf ihren Mund presste, um sie am Schreien zu hindern. Gleichzeitig wurde sie tiefer ins Gebüsch gezogen.

Nadine stemmte sich in einer panischen Abwehrreaktion gegen den Unbekannten und rang verzweifelt nach Luft. Hellmer verstärkte den Druck und holte mit der anderen Hand zu einem harten Schlag aus. Das Mädchen stöhnte, als Hellmers Faust ihren Kopf traf. Sie brach zusammen, ihre Gegenwehr erlahmte. Hellmer nutzte die Zeitspanne der Benommenheit, um ihr den Inhalt der Spritze zu injizieren. Als Krankenpfleger hatte er dies unzählige Male getan. Er drückte Nadine weiterhin auf den Boden und hielt ihr den Mund zu. Ungerührt sah er zu, wie die Bewegungen des Mädchens schwächer wurden. Kurze Zeit später schloss sie die Augen und lag ganz ruhig vor ihm. Er zögerte noch, seine Hand von ihrem Gesicht zu nehmen. Geduldig wartete er eine Minute ab. Das Muskelrelaxans hatte gewirkt. Hellmer atmete erleichtert auf, als er einen Blick auf das bewusstlose Mädchen warf. Der erste Teil seines Plans lag hinter ihm.

Gerade als er sich bücken und das Mädchen hochheben wollte, hörte er Motorgeräusche. Er duckte sich tiefer ins

Gebüsch und beobachtete von dort aus, wie ein VW Golf auf den Parkplatz fuhr. Sekunden später verstummte der Motor, und die Fahrertür öffnete sich. Ein Mann mittleren Alters stieg aus. Er schien es sehr eilig zu haben. Mit schnellen Schritten bewegte er sich zum Ende des Parkplatzes, dort wo der Waldweg begann, und verschwand hinter einem dichten Strauch. Hellmer beobachtete wütend, wie sich der Mann erleichterte und rasch zu seinem Wagen zurückkehrte. Er setzte sich wieder ans Steuer, startete den Motor und fuhr weiter in Richtung Cappeler Berg. Mit einem kurzen Blick vergewisserte sich Hellmer, ob Nadine noch ruhig und gleichmäßig atmete. Die Dosis, die er ihr injiziert hatte, würde ausreichen, dass sie die nächsten zwei Stunden weiterhin tief schlief und nichts von dem mitbekam, was um sie herum und mit ihr geschah.

Jetzt war Eile angesagt, der Morgennebel vollzog sich allmählich. Er musste das Mädchen so schnell wie möglich zu seinem Auto bringen, das er weiter oberhalb, an einer Stelle, die man von der Landstraße aus nicht sehen konnte, abgestellt hatte. Hellmer trug das Mädchen auf dem kürzesten Weg durch die Büsche. Immer wieder schaute er um sich und stellte auf diese Weise sicher, dass sich nach wie vor niemand im Wald aufhielt. Die Anspannung legte sich erst, als er zwischen den Bäumen seinen dunkelroten Peugeot 307 entdeckte. Die letzten Meter rannte er. Dann legte er die Bewusstlose auf den Waldboden, um die hintere Klappe des Wagens zu öffnen. Im Kofferraum hatte er eine Decke ausgebreitet und weitere Utensilien bereitgelegt, die er jetzt benutzen wollte. Er drehte Nadines Arme auf den Rücken und fixierte beide Hände mit Klebeband. Die Füße umwickelte er ebenfalls damit, zuletzt drückte er ihr einen breiten Streifen über den Mund. Dann hob er Nadine hoch und legte sie in den Kofferraum. Die Rolle Klebeband warf er mit hinein, bevor er den Deckel schloss. Erst jetzt zog er sich die Mütze vom Kopf und atmete tief durch. Triumphierend setzte er sich hinter das Steuer, startete den Wagen und fuhr aus dem Waldweg hinaus auf die Landstraße.

*

Hellmer fuhr vorbei am Hotel Bellevue, durch den Ortsteil Frauenberg und erreichte knapp zwei Minuten später das unterhalb der Burgruine gelegene Dorf Beltershausen. Von hier aus hatte man einen guten Blick über den gesamten Ebsdorfergrund bis hin zum Amöneburger Becken, an dessen Ende sich der Basaltkegel mit der Stadt Amöneburg erhob. Er folgte der Kreisstraße bis zum Heskemer Kreisel und bog rechts in den Ort ein. Knapp hundert Meter weiter fuhr er auf der alten Landstraße, die einst bis nach Wittelsberg geführt hatte, die nun aber einen halben Kilometer vor dem Dorf abschloss. Hellmer folgte dieser schmalen Straße, an deren Ende sich mehrere verlassen wirkende Gebäude befanden, die von einem Drahtzaun umgeben waren. Hellmer bremste den Wagen vor dem Tor ab, stieg aus, öffnete das Zugangstor, fuhr hindurch, hielt wieder an und verschloss das Tor, bevor er seinen Weg bis zu einem der drei Gebäude fortsetzte. Gewöhnlich wurde hier in der Woche gearbeitet, zeitweise auch am Samstag. Das abgeschottete Firmengelände beherbergte ein kleines Natursteinwerk. Der Inhaber und zwei weitere Mitarbeiter schliffen Betonplatten zu glatten Flächen. Doch die Firma hatte bis Mitte Oktober Betriebsurlaub.

Für Hellmer war es ein Glücksfall gewesen, als er erfahren hatte, dass der Inhaber jemanden suchte, der zwischendurch nach dem Rechten sehen konnte, damit während seiner Abwesenheit sich niemand unbefugt Zugang zum Firmengelände verschaffte. Der Betrieb lag so weit abseits zwischen den beiden Dörfern Heskem und Wittelsberg, dass niemand mitbekommen würde, wenn es hier unerwünschten Besuch gab. Durch einen Bekannten hatte Hellmer diesen Job bekommen, zwei Tage nach seiner Kündigung. Und da es von seinem Wohnort Cappel bis zum Natursteinwerk gerade mal sechs Kilometer waren, bedeutete es für ihn auch keinen großen Aufwand, jeden Tag zweimal kurz dorthin zu fahren, um sich persönlich zu vergewissern, dass alles in Ordnung war.

Seit vor einem Jahr Jugendliche nach einem Discobesuch über den Zaun geklettert waren, und aus Spaß dort eine Spur der Verwüstung hinterlassen hatten, war Vorsicht angebracht. Und für Hellmer eine gute Gelegenheit, um vierhundert Euro zu verdienen. Erst einige Tage später, nachdem Hellmer seinen Plan ausgearbeitet hatte, sollte sich herausstellen, dass dieser abgelegene Betrieb eine zentrale Rolle in seinem weiteren Vorhaben darstellen sollte. Niemand würde sich wundern, wenn Hellmer zu dem kleinen Unternehmen fuhr und sich eine Zeit lang auf dem Firmengelände aufhielt. Er machte nichts anderes als den Job, für den man ihn angeheuert hatte.

Doch an diesem Samstagmorgen standen ganz andere Dinge im Mittelpunkt. Hellmer parkte seinen Wagen hinter dem Gebäude. Erst nachdem er sich davon überzeugt hatte, dass kein Mensch in der Nähe war, setzte er die Skimütze auf, ging zum Kofferraum, öffnete ihn und lächelte zufrieden, als er sah, dass Nadine noch reglos war. Er hob sie hoch und trug das bewusstlose Mädchen in das Gebäude hinein. In seiner Nase kribbelte es, als der feine Beton- und

Zementstaub, der hier allgegenwärtig war, seine Schleimhäute reizte und ihn fast zum Niesen brachte. Hier war der Teil des Betriebes, in dem die Feinarbeiten erledigt wurden. Sein Blick glitt über die Maschinen und Tische, auf denen Werkzeuge lagen. Hellmer wusste nichts davon, wie man Steine bearbeitete. Es interessierte ihn auch nicht. Seine Blicke richteten sich auf eine Eisentür, die sich an der gegenüberliegenden Wand befand und die zu einem kleinen Raum führte, der keine Fenster besaß. Es war eine Abstellkammer. Gerümpel, alte Kartons, sowie ausrangierte und teilweise unbrauchbare Werkzeuge hatten hier ihren Platz gefunden. Er betätigte von außen den Lichtschalter, legte Nadine auf eine alte fleckige Matratze, die einen muffigen Geruch verströmte. Anschließend ging er zurück zu seinem Wagen und holte die Rolle mit dem Klebeband. Draußen war es mittlerweile noch trüber geworden, und die ersten Regentropfen fielen von einem wolkenverhangenen Himmel. Wenige Augenblicke später fing es kräftig an zu regnen. Das monotone Trommeln des Regens auf dem Dach vermittelte Hellmer ein Gefühl von Ruhe und Abgeschiedenheit, außerdem hielt das Wetter jeden davon ab, sich im Freien aufzuhalten. Umso ungestörter würde er hier an diesem Ort sein.

Draußen donnerte es, Sekunden später zuckte ein Blitz, während der stärker werdende Wind weitere Regenschleier vor sich hertrieb. Hellmers Gedanken schweiften für einen Moment ab, er erinnerte sich daran, dass ein Unwetter wie dieses seine eigene persönliche Lage dramatisch zugespitzt hatte.

*

Zuerst hatte es leicht zu regnen begonnen, dann wurde der Regen dichter, während es draußen gegen siebzehn Uhr so dunkel geworden war, dass Hellmer das Licht anschalten musste. Seufzend erhob er sich aus dem Sessel und warf einen Blick aus dem Fenster. Es regnete so heftig, dass er noch nicht einmal zwanzig Meter weit sehen konnte. Als der erste grelle Blitz durch den Himmel zuckte, fuhr Hellmer erschrocken vom Fenster zurück, während Bruchteile von Sekunden später ein solch heftiger Donnerschlag folgte, dass sogar die Fensterscheiben zu zittern begannen. Hellmer verließ die Küche und ging durch alle Räume, um sich zu vergewissern, dass er auch sämtliche Fenster geschlossen hatte. Anschließend ging er nach unten in die Einliegerwohnung. Diese besaß zwar einen separaten Eingang von außen, war aber von innen durch eine Treppe erreichbar. Ein Gefühl unbeschreiblicher Wehmut ergriff ihn, als er die Verbindungstür öffnete und die Räumlichkeiten betrat, in denen seine Mutter gelebt hatte. In der Luft hing noch der Geruch von Arzneimitteln und etwas anderem, das immer an die Anwesenheit älterer Menschen erinnert, ohne dass man es mit Worten beschreiben kann. Das Prasseln des Regens gegen die Fensterscheiben verstärkte sich noch, während Hellmer nachdenklich durch die kleine Küche ging und im Wohnzimmer einen Moment lang stehen blieb. Es war immer noch alles so, als ob seine Mutter jeden Augenblick aus dem Schlafzimmer kommen würde. Zu Beginn ihrer Krankheit hatte sie das auch noch gekonnt, doch dann war sie immer schwächer geworden. Die Chemotherapie hatte ihren Tribut gefordert.

Es gab Menschen in der Nachbarschaft, die Hellmer kurz nach der Beerdigung geraten hatten, einen Neuanfang zu machen und die Einliegerwohnung so schnell wie möglich zu vermieten, aber für einen empfindsamen Menschen wie ihn war das unmöglich. Seine Trauer saß noch tief und war sein ständiger Begleiter, Tag und Nacht, rund um die Uhr. Der Gedanke, die Möbel zu entrümpeln und die Sachen seiner Mutter zur Altkleidersammlung zu bringen, war für ihn ein ganz schreckliches Gefühl. Für ihn bedeutete es nichts anderes, als dass seine Mutter noch einmal starb und auf diese Weise erneut das Haus verließ. Diesmal für immer!

Er hatte alles so belassen, wie es war. Seine Erinnerungen wollte er nicht hergeben. Alle Bilder hingen noch an den Wänden, und auf der Anrichte standen jede Menge Fotos aus einer Zeit, in der die Wörter *Sorge* oder *Existenzangst* in ganz weiter Ferne lagen. Seine Mutter hatte viele dieser Fotos in Alben aufgehoben und im Schrank verstaut. Aber die ihr persönlich am wichtigsten waren, hatte sie eingerahmt und aufgestellt. So konnte sie jeden Tag einen Blick darauf werfen. Dazu gehörte auch ein Bild, das Manfred Hellmer zusammen mit seiner Mutter zeigte. Er selbst erinnerte sich noch gut daran. Es war im selben Jahr entstanden, als er konfirmiert worden war. Er stand neben seiner Mutter, damals fast so groß wie sie, aber er umarmte sie noch wie ein hilfloses, kleines Kind und spürte ihre Wärme, die ihn immer beschützen sollte. In seiner Kehle bildete sich ein Kloß, seine Augen glänzten feucht, als ihm wieder einmal bewusst wurde, dass diese harmonische Zeit ein für alle Mal der Vergangenheit angehörte. Nichts würde mehr so sein wie früher.

Seine Gedanken wurden unterbrochen, als er draußen etwas hörte. Es klang wie ein mächtiges Rauschen, das sich rasch näherte. Besorgt trat er hinaus auf den Flur, öffnete die Tür einen Spaltbreit und sah voller Entsetzen, wie das Wasser aus den Kanaldeckeln schoss und sich ungehindert seinen Weg durch die Goldbergstraße bahnte. Der heftige Regen hielt an.

„Der Heizungskeller!", flüsterte Hellmer entsetzt. Hastig streifte er sich eine Jacke über, griff nach dem Regenschirm und ging hinaus ins Freie. Gleichzeitig hörte er das auf- und abschwellende Heulen der Feuerwehrsirene. Während er sich durch den Regen kämpfte, sah er, dass auch aus den Nachbarhäusern Leute kamen und auf die Straße blickten. Jemand rief etwas, das Hellmer nicht verstehen konnte. Er stapfte durch den Regen, bis er die hintere Seite seines Hauses erreicht hatte. Dort befand sich der Heizungskeller, den man über eine kleine eiserne Treppe erreichen konnte. Als er vor der Treppe stand, wurde er blass. Unten hatte sich so viel Wasser gesammelt, dass man bis zu den Knien darin stehen konnte. Hellmer wurde bewusst, dass er sich viel früher um den desolaten Zustand seines Hauses hätte kümmern müssen. Die Dachrinnen und Ablaufrohre waren verstopft und konnten das vom Dach ablaufende Wasser nicht mehr ableiten. Die Regenrinnen quollen über, das Wasser suchte sich den direkten Weg – zur Tür des Heizungskellers! Jetzt rächte sich seine Nachlässigkeit. Aber es war einfach zu viel anderes passiert. Und nun konnte er nichts mehr tun. Er spähte durch das kleine Fenster in den Innenraum des Heizungskellers und sah, wie das Wasser unter der Tür hindurch in den Keller lief. Das Heulen der Sirene kam näher. Blaulicht zuckte durch die Wasserwand, ein Fahrzeug der Freiwilligen Feuerwehr Cappel kam die Goldbergstraße herauf, doch es hielt nicht vor seinem Haus, sondern gut zehn Meter weiter auf der linken Straßenseite. Dort befand sich das Anwesen von Dr. Michael Wittkamp, der offenbar ein ähnliches Problem wie er hatte. Männer in Einsatzkleidung stiegen aus dem Wagen, rollten die Schläuche aus und starteten die Pumpen, während das Wasser weiterhin ungehindert in Hellmers Keller lief und sich ausbreitete.

Hellmer rannte auf die Feuerwehrleute zu. „Hallo!", rief er durch den prasselnden Regen. „Mein Keller ... ich brauche Hilfe!"

Einer der Feuerwehrmänner drehte sich zu ihm um. Hellmer kannte ihn. Er wohnte nur einige Straßen entfernt von hier und war ebenfalls Mitglied im TSV Cappel. „Sie müssen warten!", sagte der Mann. „Sie sehen doch, dass wir hier gerade zu tun haben. Stellen Sie die Heizung ab, damit es keine größeren Probleme gibt. Wir kommen auch zu Ihnen."

„Ja, aber ..." Doch der Mann hatte sich bereits abgewandt. Hellmer ergriff unbändige Wut. Wittkamps vierzehnjähriger Sohn war aktives Mitglied der Jugendfeuerwehr von Cappel. Deshalb wurde sein Vater natürlich bevorzugt. Hellmer drehte sich um und rannte zurück zu seinem Haus. Es regnete ununterbrochen weiter. Kurz darauf stand er wieder vor der Tür, die zu seinem Heizungskeller führte. Er stieg die Stufen hinunter und watete im Wasser, während er versuchte, die Tür zu öffnen. Es gelang ihm nicht, der Wasserdruck war zu groß. Schließlich ging er nach oben zum Fenster und schlug es ein. Er öffnete die Verrieglung, zwängte sich hindurch und fluchte erneut, als er sah, dass das Wasser sich ungehindert weiter ausbreitete. Der Notschalter befand sich an der gegenüberliegenden Wand. Sekunden später verstummte das Brummen der Heizung. Der Strom war jetzt abgeschaltet, aber das stetige Rauschen des Wassers war beängstigend genug. Dann hörte er Schritte und Stimmen, die sich der Kellertür näherten. Der Strahl einer Taschenlampe richtete sich durch das geöffnete Fenster auf ihn. Hellmer schloss kurz die Augen, während jemand draußen rief, die Pumpe und die Schläuche vorzubereiten. Doch zu spät, der Keller war voll Wasser gelaufen, ebenso die Heizungsanlage.

„Gehen Sie bitte raus!", rief ein Feuerwehrmann.

Als Hellmer durch das Fenster stieg, sah er, dass zwei weitere Männer hinzugekommen waren. Sie rollten einen Schlauch aus, ein dritter startete die Pumpe. Der Regen ließ nach, auch der Wind war schwächer geworden. Hellmer ging mit gesenktem Kopf an der Truppe vorbei. Er fühlte sich in diesem Moment hilflos und wusste, was dieser Schaden für ihn bedeutete. Zurück im Haus musste er erkennen, dass sich das Chaos in den oberen Räumen ebenfalls ausgebreitet hatte. Im Bad tropfte Wasser durch die Decke, der Boden war nass. Der heftige Regen und der Sturm hatten vermutlich einige Dachziegel gelockert und dem Wasser somit auch von oben Zugang verschafft. Hellmer ballte wütend die Fäuste. Man hatte ihm mehrfach geraten, sich um das alte Dach zu kümmern. Doch sein Kredit bei der Bank war ausgereizt, und so hatte er die Baufälligkeit des Daches ignoriert und auf bessere Zeiten gehofft. Vergeblich.

*

„Gegen Sturm und Hagelschäden sind Sie nicht ausreichend versichert, Herr Hellmer", meinte der Mann im grauen Anzug, der in seinem Wohnzimmer saß und in einem aufgeklappten Laptop einige Tabellen studierte. „Denken Sie bitte daran, dass ich Ihnen im letzten Frühjahr gesagt habe, dass wir Ihre Hausratversicherung den heutigen Gegebenheiten anpassen müssen."

„Aber es ... ging einfach nicht ...", erwiderte Hellmer müde.

„Das war einzig und allein Ihre Entscheidung, Herr Hellmer", meinte der Mann, der in der Marburger Straße im Ortskern ein Versicherungsbüro hatte und somit auch schnell vor Ort gewesen war, nachdem ihn Hellmer am kommenden Morgen angerufen hatte. „Ich muss die Richtlinien unserer Gesellschaft beachten. Und die besagen, dass Sie höhere Gewalt extra versichern müssen."

„Es ist ein intaktes Gebäude", antwortete Hellmer fast weinerlich. „Und das seit vielen Jahren. Sie können nicht einfach sagen, dass ich ..."

„Ich will gar nichts sagen, Herr Hellmer", unterbrach ihn der Versicherungsagent. „Tatsache ist, dass hier einige bauliche Verhältnisse existieren, die gründlich in Erwägung gezogen werden müssen. Wie etwa die verstopften Dachrinnen und der Kanal, was letztendlich das Eindringen des Wassers in Ihren Keller verursacht hat. Sie wussten von diesen Mängeln und haben nichts unternommen, um sie zu beheben."

„Wer hätte mit solch einem heftigen Wolkenbruch gerechnet ..." Hellmer fühlte sich hilflos. „In unserer Gegend kommt so etwas selten vor, und ..."

„Da dachten Sie, dass das auch weiterhin nicht passiert, nicht wahr?", vollendete der Mann Hellmers Gedankengänge. „Aber als Hausbesitzer haben Sie nicht nur Rechte, sondern auch Pflichten. Natürlich sind Sie seit einigen Jahren Kunde unserer Gesellschaft, und ich werde mich selbstverständlich bemühen, die Umstände der Zentrale plausibel zu machen. Aber ich darf Ihnen nichts versprechen, was ich nicht halten kann. Ich melde mich, sobald die Sachlage geprüft wurde."

„Was heißt das genau?"

„Sie bekommen Bescheid, Herr Hellmer." Der Mann nahm seinen Laptop und verabschiedete sich.

*

Hellmer bemerkte, dass Nadine allmählich aus ihrer Bewusstlosigkeit erwachte. Das Mädchen stöhnte leise vor sich hin, öffnete ihre Augen und schien nicht zu begreifen, wo sie sich befand und was überhaupt geschehen war. Sie fuhr erschrocken zusammen, als sie Hellmers vermummtes Gesicht sah. „Ganz ruhig", sagte er. „Wenn du tust, was ich dir sage, wird diese Sache für dich problemlos verlaufen. Falls nicht ... denk nicht dran ..."

Das Mädchen riss ihre Augen auf und keuchte, während sie versuchte, etwas zu sagen. Aber das Klebeband über dem Mund verwandelte ihre Bemühungen in unverständliche Laute.

„Du wirst ein paar Tage hierbleiben", sagte Hellmer. „Ich komme heute Abend und bringe dir etwas zu essen. Bis dahin musst du es hier aushalten. Verstanden?"

Nadines Blick spiegelte pure Panik wider, während sie sich in dem Raum umschaute. Keine Fenster, dafür eine Eisentür.

„Wenn du keine Schwierigkeiten machst, ist alles schnell vorbei." Hellmer streckte seine rechte Hand nach Nadine aus. Das Mädchen deutete diese Geste falsch und begann vor Angst zu toben. Hellmer blieb nichts anderes übrig, als ihr eine schallende Ohrfeige zu verpassen. Nadines Kopf fiel zurück, sie schluchzte. „Ich komme heute Abend wieder. Ich werde jetzt das Licht ausschalten und die Tür verschließen." Nadines Panik steigerte sich. „Es wird dir nichts geschehen", fügte er rasch hinzu. „Du musst dich nur ruhig verhalten, dann ist alles schnell vorbei, und du kannst zurück zu deinen Eltern. Hast du mich verstanden?"

Sekunden vergingen, bis Nadine unter Tränen nickte. In ihrer hilflosen Lage bot sie ein bejammernswertes Bild. Doch für Hellmer gab es kein Zurück mehr. Er hatte nur noch diese eine Chance, wenn er sich selbst aus dem Sumpf ziehen wollte. Mit einem letzten Blick auf Nadine betätigte er den Lichtschalter und schloss die Tür hinter sich. Er nahm die Skimütze ab und atmete durch. Als er die Tür zur Halle verriegelte und zurück zu seinem Wagen ging, war er ruhig und gelassen. Er fuhr über die schmale Straße zurück zur Kreisstraße, aber nicht nach Cappel. Zuerst hatte er noch etwas anderes zu erledigen. Dabei spielte Nadines Handy, das er dem Mädchen abgenommen hatte, eine wichtige Rolle.

*

„Aber natürlich", sagte Horst Hagedorn. „Von mir aus können wir gerne nächsten Samstag ein Match bestreiten. Aber nur vormittags. Ab vierzehn Uhr haben Sylvia und ich einen anderen Termin und den können wir nicht verschieben. Du weißt ja, wenn die Pflicht ruft, muss das Vergnügen hinten anstehen." Er verabschiedete sich von seinem Gesprächspartner und beendete das Telefonat. Hagedorn war ein schlanker und sportlicher Mann. Er trat ans Fenster blickte hinaus. Sein Haus befand sich in der Vogelsbergstraße am Cappeler Berg, in einer exponierten Wohnlage mit einem großzügig geschnittenen Grundstück. Als leitender Angestellter in der Kreditabteilung der Bank konnte er sich das problemlos leisten. In dieser Position arbeitete er seit mehr als zwanzig Jahren. Nach der Ausbildung zum Bankkaufmann hatte er die interne Weiterbildungsakademie besucht und diese zielstrebig als Betriebswirt abgeschlossen. Familie und Kind, keine finanziellen Sorgen. Im Laufe der Jahre war er zu einem gefragten Kreditexperten für bekannte Marburger Geschäftsleute geworden und hatte auf diese Weise dafür gesorgt, dass seine Bank bei größeren Bauprojekten bedacht wurde. Dadurch hatten sich nicht nur interessante geschäftliche, sondern auch private Kontakte ergeben, von denen auch seine Frau Sylvia und deren gemeinsame siebzehnjährige Tochter Nadine profitierten. Das Mädchen brauchte sich nach ihrem Abitur keine Sorgen mehr darüber zu machen, wohin ihr beruflicher Weg führen sollte, die Weichen dafür hatte ihr Vater längst gestellt. Seine Kontakte waren Gold wert.

„Horst!", riss ihn die Stimme seiner Frau aus den Gedanken. Sylvia Hagedorn war blond und ebenfalls schlank. Eine schöne Frau, mit der man sich in der Öffentlichkeit zeigen konnte. Doch sie war auch eine liebende und fürsorgliche Mutter.

„Was ist, Sylvia?", fragte Hagedorn, als er das besorgte Gesicht seiner Frau bemerkte.

„Nadine ist noch nicht zurück. Es sind über drei Stunden vergangen, seit sie zum Joggen gegangen ist. So lange war sie noch nie ..."

Hagedorn warf einen Blick auf seine Armbanduhr. Gegen acht Uhr zwanzig hatte Nadine das Haus verlassen. Zuvor hatten sie zusammen gefrühstückt. Diese gemeinsame Zeit am Samstagmorgen war ihnen wichtig. Jetzt war es kurz vor halb Zwölf. Er hatte lange telefoniert und dabei nicht bemerkt, wie schnell die Zeit vergangen war. „Dass Nadine überhaupt heute früh losgelaufen ist ... Erst dieser Nebel, dann noch der Regen. Sie wird ihre Runde abgebrochen haben. Wahrscheinlich sitzt sie gerade oben im Hotel Seebode bei einem Cappuccino und lässt es sich gut gehen."

Seine Frau seufzte. „Sie hätte angerufen und uns Bescheid gesagt, Horst."

Ihr Mann wollte gerade etwas erwidern, als das Telefon klingelte. Hagedorn warf einen kurzen Blick auf das Display und stellte mit großer Erleichterung fest, dass es Nadines Handynummer war.

„Na also!" Er reichte seiner Frau das Telefon. „Sprich du mit ihr. Dann kannst du ihr gleich selbst sagen, das du dir Sorgen gemacht hast."

Sylvia Hagedorn atmete erleichtert durch. „Wo in aller Welt steckst du, Nadine?", sprudelte es aus ihr heraus, als die Verbindung zustande kam. „Dein Vater und ich warten auf dich!" Sie lauschte, dann erbleichte sie. Ihr Mann schaute sie fragend an, doch seine Frau war nicht in der Lage, ihm zu antworten. Mit zitternder Hand reichte sie ihm das Telefon. „Da ist ... ein Mann", sagte sie stockend. „Er sagt ... er hat ... Nadine. Wir sollen tun, was ... er sagt."

„Wie bitte?" Horst Hagedorn riss sich das Telefon ans Ohr. „Wer ist da?"

„Das tut nichts zur Sache!" Eine männliche Stimme. „Sie hören mir nur gut zu, verstanden? Und unterbrechen Sie mich nicht, sonst wird es Nadine schlecht ergehen."

„Um Himmels willen!", stieß Hagedorn hervor. „Bitte tun Sie meiner Tochter nichts. Was wollen Sie von uns?"

„Geld!", lautete die prompte Antwort des Unbekannten. „Und zwar hundertfünfzigtausend Euro. Bis spätestens Mittwoch. Wie Sie das machen, ist Ihre Sache. Wenn Sie es nicht schaffen, werden Sie Ihre Tochter niemals wiedersehen. Ich melde mich später noch mal bei Ihnen. Und lassen Sie die Polizei aus dem Spiel ... sonst wird es Nadine büßen. Haben Sie das verstanden?"

„Ich ... ich möchte mit meiner Tochter sprechen!" Auf

Hagedorns Stirn bildeten sich feine Schweißperlen. „Woher soll ich wissen, ob Sie die Wahrheit sagen?"

„Ich bestimme hier die Spielregeln ... nicht Sie!" Die Stimme am anderen Ende der Leitung war knallhart. „Wenn Sie Fehler machen, übernehmen Sie die Verantwortung. Wie gesagt: Ich melde mich. Besorgen Sie das Geld!"

So schnell geht das nicht!, wollte Hagedorn rufen, doch der Unbekannte hatte die Verbindung bereits unterbrochen. In seiner Verzweiflung wählte Hagedorn Nadines Nummer, aber die Verbindung kam nicht mehr zustande. Der Mann, der seine Tochter gefangen hielt, hatte ihr Handy ausgeschaltet. Ratlos schaute Hagedorn zu seiner Frau. Niemals hätte er damit gerechnet, dass innerhalb weniger Minuten das Leben seiner Familie buchstäblich so aus den Fugen geraten konnte.

„Was sollen wir jetzt tun?", fragte Sylvia Hagedorn ihren Mann. „Mein Gott ... Wir müssen etwas unternehmen, sonst ..." Ihre Stimme kippte. Sie setzte sich auf das Sofa, hielt beide Hände vor ihr Gesicht und weinte.

Dieser Anblick schnitt ihrem Mann ins Herz. Er kam zu ihr und nahm sie in den Arm, um sie zu trösten. „Wir müssen jetzt vernünftig sein, Sylvia", redete er bemüht ruhig auf seine Frau ein, während sie sich die Tränen abwischte. „Der Mann hat uns gedroht. Wir müssen tun, was er sagt, sonst wird es Nadine büßen. Ich könnte es nicht ertragen, wenn ihr etwas zustößt ..."

„Was will er denn?"

„Hundertfünfzigtausend Euro!"

Seine Frau zuckte zusammen. „Woher sollen wir so viel Geld nehmen?"

„Er wird sich wieder melden", sagte Hagedorn. „Und in der Zwischenzeit sollen wir das Geld auftreiben. Verdammt, es ist Wochenende ... wie in aller Welt soll ich das machen?"

„Du musst mit Schreiber reden. Er kann dir sicher helfen. Ruf ihn an, Horst! Jetzt gleich!"

Als Hagedorn an den Direktor der Bank dachte, zögerte er einen kurzen Moment. Natürlich hätte er in ihm einen Fürsprecher gehabt, der sich für ihn in dieser Notlage eingesetzt hätte, doch er durfte die Sache nicht an die große Glocke hängen. „Ich werde meinen Dispokredit in Anspruch nehmen", entschied Hagedorn. „Ich kann unser Haus belasten. Doch das geht nicht vor Montag. Verdammt!"

*

Hellmer fuhr am *tegut*-Markt am Ortsrand von Cappel vorbei und beschloss, noch ein paar Einkäufe zu tätigen. Zusätzliche Lebensmittel und Getränke, die er ohne großes Aufsehen transportieren konnte. Er brauchte nicht länger als eine halbe Stunde. Anschließend kehrte er nach Hause zurück, fuhr den Wagen in die Garage und betrat sein Haus. Er fror, weil die Heizung seit dem Wasserschaden nur noch eingeschränkt funktionierte. Sein Installationsbetrieb hatte sie nur notdürftig repariert und Hellmer deutlich zu verstehen gegeben, dass dieser Zustand nicht lange anhalten würde. Unter Umständen konnte die über zwanzig Jahre alte Heizung in ein paar Monaten, und dann war Winter, endgültig ihren Dienst quittieren.

Er brachte seine Einkäufe in die Küche und sortierte sie. Die Packung Toast, das Glas Marmelade und den abgepackten Schinken und Käse legte er beiseite. Er nahm ein Messer aus der Schublade und bereitete für Nadine einige belegte Toastscheiben zu. Danach verstaute er alles zusammen mit zwei Flaschen Cola in einer anderen Tüte. Das alles würde er heute am späten Nachmittag zu Nadine bringen. Er überlegte, wie es dem Mädchen in diesem dunklen, verschlossenen Raum erging. Wahrscheinlich stand sie Höllenängste durch, doch das interessierte Hellmer nicht. Sie war nur Mittel zum Zweck. Und am Ende all dieser Bemühungen standen hundertfünfzigtausend Euro, die Hellmer zu einem Neuanfang verhelfen sollten. Alles hatte er genau geplant, jedes Detail durchdacht. Seitdem man ihm gekündigt hatte, war er überaus kreativ geworden, wenn es darum ging, nicht an der augenblicklichen Lage zu verzweifeln, sondern nach vorn zu blicken.

Hellmer ging zum Briefkasten. Drei Briefe, zwei davon Werbung, der dritte war von seiner Arbeitsagentur. Er öffnete den Umschlag und las. Es war ein offizielles Schreiben, in dem man ihm androhte, das Arbeitslosengeld zu kürzen, weil er sich letzte Woche bei den ihm vorgeschlagenen Firmen weder gemeldet noch beworben hatte. Es folgte eine Aufzählung von bestimmten Paragrafen die Hellmer nicht kannte und von denen er nichts wissen wollte. Der Brief endete damit, dass man ihm eine letzte Frist setzte.

„Diese verdammten Schreibtischhocker!" Hellmer legte den Brief beiseite. Zwischen Reichtum und Armut, Hoffnung und Verzweiflung gibt es nur einen schmalen Grat, das hatte Hellmer in den letzten Wochen zur Genüge erlebt. Dieser Brief ließ die Erinnerungen an seinen ersten, demütigenden Gang zur Agentur für Arbeit gegenwärtig werden.

*

Hellmer verließ das Haus am frühen Vormittag und fuhr in die Marburger Nordstadt. Er musste sich arbeitslos melden.

Ihm war nicht wohl dabei, weil er Leute kannte, die ihm von ihren Erfahrungen mit der Agentur für Arbeit berichtet hatten. Er sagte sich, dass es nicht seine Schuld war, dass er in solch eine Situation geraten war. Rechtmäßig stand ihm Arbeitslosengeld zu.

Über die Stadtautobahn erreichte er die Abfahrt Marburg-Nord und fuhr zehn Minuten später auf den Parkplatz vor dem hufeisenförmigen Gebäude, in dem sich die Agentur für Arbeit befand. Als er durch die Glastür die große Halle betrat, verstärkte sich sein ungutes Gefühl. Dabei stieß er fast mit seinem ehemaligen Schulfreund Kurt Jennemann zusammen. Der Mann wohnte im Nachbarort Ronhausen. Sie waren sich in den letzten Jahren nur noch selten begegnet.

„Hallo Manfred!", begrüßte ihn Jennemann. „Was hast du denn hier verloren?"

„Bestimmt das gleiche wie du", erwiderte Hellmer knapp. „Ich will mich arbeitslos melden."

„Die Treppe hoch, links den Flur entlang, bis du vor einem Schalter stehst."

Hellmer nickte und ließ seinen früheren Schulkameraden einfach stehen. Der rief ihm noch etwas hinterher, doch Hellmer wollte so schnell wie möglich wieder verschwinden, er fühlte sich hundeelend. Die Menschen auf dem Flur, in deren Gesichter er blickte, spiegelten die Hoffnungslosigkeit wider, die zu ihrem Leben gehörte. Die meisten hatten sich wohl aufgegeben. Zumindest kam es Hellmer so vor.

Was nun folgte, ließ er mehr oder weniger geduldig über sich ergehen. Er bekam ein Formular das er mit seinen Personalien und seinem bisherigen beruflichen Werdegang ausfüllte. Dann wartete er in einem angrenzenden Raum, bis er aufgerufen wurde. Als er endlich an die Reihe kam, waren fast eineinhalb Stunden vergangen.

Der Mann, dem er nun gegenüber saß, war deutlich jünger als Hellmer. „Eine betriebsbedingte Kündigung", murmelte er, während er Hellmers Formular studierte. „Nun, das ist keine angenehme Sache, Herr Hellmer. Haben Sie etwas anderes in Aussicht?"

„Wahrscheinlich erst im Frühjahr. Ich habe große Hoffnungen, dass ich im Uni-Klinikum Gießen eine neue Stelle als Krankenpfleger antreten kann und ..."

„Haben Sie das schriftlich?", wollte der Sachbearbeiter wissen. Hellmer schüttelte den Kopf. „Also unverbindlich. Sie wissen selbst, dass Sie in einem Alter sind, in dem es schwierig wird, sich einen Traumberuf auszusuchen, oder?" Hellmer schwieg und der Sachbearbeiter hämmerte mit gerunzelter Stirn auf seine Computertastatur. „Da wäre etwas", sagte er einige Minuten später. „Im Uni-Klinikum Frankfurt wird im kommenden Monat eine Stelle frei. Einen Augenblick ..." Er druckte die entsprechende Information aus und drückte Hellmer das Blatt Papier in die Hand.

„Sie bieten mir eine Stelle in Frankfurt an?", fragte Hellmer verwundert.

„Herr Hellmer, die Agentur für Arbeit kann Ihnen zumuten, dass Sie auch eine Arbeitsstelle antreten, die bis zu hundert Kilometer entfernt ist", belehrte ihn der Sachbearbeiter. „Vom Marburger Hauptbahnhof aus fährt fast jede Stunde ein Zug nach Frankfurt. Mit einer Bahncard halten sich die Kosten im überschaubaren Rahmen. Nehmen Sie bitte Kontakt auf und stellen Sie sich vor. Danach informieren Sie mich bitte wieder. Außerdem muss ich Sie darauf hinweisen, dass Zahlungen von Ihren weiteren Leistungen abhängig sind. Also, inwieweit Sie die notwendige Flexibilität und Arbeitsbereitschaft zeigen."

Niedergeschlagen verließ Hellmer das Büro des Sachbearbeiters.

*

Hellmer warf einen kurzen Blick auf seine Armbanduhr. Höchste Zeit, zum Natursteinwerk zu fahren und dort nach dem Rechten zu sehen. Wahrscheinlich litt Nadine im Dunkeln Höllenqualen. Diese ungewohnte und furchtbare Situation war für die Psyche eines jungen Mädchens sicher nicht einfach zu verkraften. Er zog seine Jacke an, steckte das Messer ein, das er aus einer Laune heraus in einem Outdoor-Shop gekauft hatte, und verließ das Haus. Auf dem Bürgersteig begegnete ihm die alte Frau Balzer von nebenan.

„Herr Hellmer, haben Sie einen Moment Zeit?", fragte die Nachbarin.

Innerlich seufzte Hellmer, doch er durfte es sich jetzt nicht anmerken lassen, dass er keine Lust auf ein Gespräch hatte. Er drehte sich um und lächelte freundlich. „Was ist denn, Frau Balzer?", fragte er. „Ich muss noch etwas erledigen und habe nicht viel Zeit."

„Es geht ganz schnell", versprach die ältere Dame. „Ich habe einen Brief von der Versicherung bekommen ... wegen des Unwetters, wissen Sie? Ich weiß nicht recht, was ich jetzt machen soll. Da Sie auch einen Schaden am Haus hatten, dachte ich mir, dass Sie mir dabei helfen könnten und ..."

„Gerne, Frau Balzer! Aber nicht heute", unterbrach Hellmer. „Ich habe es sehr eilig. Morgen melde ich mich bei Ihnen, ja?"

Die Frau nickte, doch man konnte ihr ansehen, dass sie unglücklich darüber war, dass man sie so schroff abwies. Hellmer lenkte ein und erzählte ihr von dem Nebenjob, den er angenommen hatte und der ihn verpflichtete, wenigstens am Wochenende zweimal am Tag dort vorbei zu schauen.

„Sie tun wenigstens was in Ihrer augenblicklichen Situation", sagte Frau Balzer. „Andere, die arbeitslos sind, machen gar nichts und bemühen sich noch nicht mal um eine neue Stelle"

„Woher wissen Sie das eigentlich alles, Frau Balzer?" Hellmers Stimme klang leicht gereizt.

„Na ja, ich sehe doch, dass Sie nicht mehr zum Schichtdienst fahren. Und ich weiß es von Frau Manderscheid. Deren Neffe arbeitet doch auch im Klinikum, und der hat gesagt, dass Sie ..."

„Das stimmt, Frau Balzer!" Hellmer winkte ab. „Jeder kann mal Pech haben ... nun hat es eben mich erwischt. Aber ich bin schon auf der Suche und denke, dass ich bald wieder etwas Passendes in der Nähe finden werde. Wenn nicht, dann muss ich eben weiter fahren, als es bisher der Fall war. So etwas kann man ja heute verlangen."

Dass er den letzten Satz ironisch meinte, begriff Frau Balzer nicht. Sie nickte wieder, wünschte ihm freundlich alles Gute und ging zu ihrer Gartentür. Hellmer beeilte sich, den Wagen aus der Garage zu fahren und lenkte ihn von der Goldbergstraße nach links den Cappeler Berg hinauf. Es war ein eigenartiges Gefühl, die Einmündung zur Vogelsbergstraße in dem Wissen zu passieren, dass Horst Hagedorn und seine Frau gerade eine unruhige Zeit durchmachten. Bei dem Gedanken, dass Nadines Mutter jetzt wohl das reinste Nervenbündel war und ihr Mann seine zur Schau getragene Überheblichkeit mit jeder weiteren Stunde schneller verlieren würde, verspürte Hellmer ein tiefes Gefühl der Genugtuung. Dieses Wochenende würde zu einer qualvollen Ewigkeit für Nadines Eltern werden. Sollten sie sich ruhig den Kopf darüber zerbrechen und sich um ihre Tochter sorgen. Hellmer hatte auch Sorgen gehabt, doch niemand hatte ihm helfen wollen. Nun standen auch die Hagedorns allein mit ihren Problemen da.

Hundert Meter weiter befand sich der Parkplatz, auf dem Hellmer im Wald auf sein Opfer gewartet hatte. Ein Joggerpärchen lief aus dem Wald. Hellmer nahm es nur beiläufig wahr, fuhr weiter in Richtung Frauenberg, an den ersten Häusern vorbei. Wenige Minuten später erreichte er die Kreisstraße, die in den Ebsdorfer Grund führte. Als er über die schmale Straße zum Firmengelände fuhr, begegnete ihm ein Radfahrer. Hellmer bemerkte in seinem Rückspiegel, wie der Mann mit dem Fahrrad anhielt, sich umdrehte und seinem Wagen nachschaute. Das gefiel ihm nicht, doch neugierige Menschen gab es immer, und sie tauchten ausgerechnet dann auf, wenn man es nicht gebrauchen konnte. Aber er hatte hier offiziell einen Job, und das konnte jeder nachprüfen.

Hellmer stoppte seinen Wagen wieder vor dem Tor, öffnete es und fuhr auf das Gelände. Er parkte den Wagen hinter einem der Gebäude, stellte den Motor ab und stieg aus. Natürlich nicht ohne die Plastiktüte mit den Lebensmitteln, die er für Nadine besorgt hatte. Als er schließlich das Gebäude betrat und vor der Tür stand, hinter der sich Nadine befand, zog er sich die Skimütze über den Kopf und schloss auf. Nachdem er den Lichtschalter betätigt hatte, sah er, dass sich Nadine erschrocken zu ihm umdrehte. Ihre Augen waren gerötet, das Gesicht käseweiß. Sie hatte geweint.

Hellmer stellte die Tüte neben der Tür ab. „In der Tüte ist was für dich, damit du nicht verhungerst oder gar verdurstest. Wenn du versprichst, keine Dummheiten zu machen, dann löse ich deine Fesseln. Aber eins rate ich dir ... denk nicht an Flucht. Du würdest es bereuen, glaub mir ..." Er wartete einen Moment ab, um zu sehen, wie sie auf seine Worte reagierte. Sie schaute ihn an, als wenn sie ihm damit zu verstehen geben wollte, dass sie mit allem einverstanden war. Hellmer bückte sich und befreite sie von dem Klebeband, mit dem er ihren Mund verschlossen hatte. Nadine schrie leise auf, als er das Band mit einem Ruck abzog.

Das Mädchen rang nach Luft. „Ich ... ich muss auf die Toilette! Ganz dringend! Bitte ..."

Daran hatte er nicht gedacht. Für einen Moment zögerte Hellmer, dann zog er das Messer aus seiner Jacke und hielt die scharfe Klinge direkt vor Nadines Gesicht. „Weißt du, was ich damit mache, wenn du nicht tust, was ich dir sage?" Seine Stimme klang drohend.

„Ja", antwortete Nadine. „Ich mache alles ... aber ... ich muss jetzt auf die Toilette, sonst ..."

Hellmer griff nach ihren Handgelenken und schnitt das Klebeband durch, mit dem die Hände gefesselt waren. Er löste auch das Klebeband an ihren Füßen. „Das muss reichen. Da hinten in der Ecke steht ein Eimer. Nun mach schon!"

Nadine betrachtete den dreckigen Eimer sichtlich angewidert.

„Das hier ist kein Luxushotel, Mädchen! Nimm den Eimer, oder lass es bleiben. Eine andere Wahl hast du nicht."

Nadine befolgte die Anweisung nur sehr widerwillig. Hellmer spielte betont auffällig mit seinem Messer. Die Tatsache, in solch einem Moment keine Privatsphäre zu haben, ignorierte Hellmer. Gleichgültig sah er zu, wie sich Nadine in den hintersten Winkel der kleinen Kammer begab und sich dann unter seinen Blicken erleichterte. Verschämt zog sie ihre Hose wieder hoch.

„In der Tüte ist genug zu essen und zu trinken." Hellmer blieb in der Tür stehen. „Das dürfte die nächsten zwei Tage reichen. Mit etwas Glück kommst du dann frei."

„Lassen Sie mich doch jetzt wieder frei, bitte!", flehte ihn Nadine an. „Ich habe Ihnen doch nichts getan. Ich werde verrückt in dieser dunklen Kammer. Ich habe Angst und ..."

„Angst hat jeder mal im Leben", unterbrach Hellmer. „Sag mir den Pin-Code deines Handys."

Nadine zögerte. Hellmer packte sie am Arm und hielt ihr die Klinge an die Wange. „Derjenige, der mir dieses Messer verkauft hat, sagte mir, man könne damit *alles* durchschneiden. Wie Butter. Willst du es darauf ankommen lassen?"

„Nein!", keuchte Nadine verängstigt. Der Pin-Code ist ... neun-null-eins-null."

Hellmer prägte sich die Zahl ein und stieß Nadine wieder zurück. Das Mädchen prallte hart mit der Schulter gegen die Wand und verzog das Gesicht.

„Ich will nach Hause", schluchzte sie. „Ich habe Ihnen nichts getan. Warum machen Sie das?"

„Weil ich meine Gründe dafür habe!" Hellmers Stimme klang mitleidlos. „Wenn du dich vernünftig anstellst, bist du schnell wieder frei. Wenn nicht, wirst du dafür büßen. Das schwöre ich dir!" Er untermalte seine Drohung mit einer entsprechenden Geste, indem er wieder die Messerklinge hoch hielt. „Ich werde dich nicht wieder fesseln. Du kannst um Hilfe schreien und versuchen, gegen die Tür zu schlagen ... doch das würde ich dir nicht raten. Ich habe eine Kamera installiert. Auch wenn ich nicht hier bin, sehe ich alles. Und wenn du etwas Verbotenes tust, dann verabreiche ich dir die schlimmste Tracht Prügel, die du jemals bekommen hast. Ein so hübsches junges Mädchen mit einem verunstalteten Gesicht wäre doch ein schlimmer Anblick, nicht wahr?"

Er sah sie erneut vor Angst zittern und genoss dieses Machtgefühl. Als sie schließlich nickte und den Kopf gesenkt hielt, wusste Hellmer, dass seine Drohung ihren Zweck erfüllt hatte. Nadine war eingeschüchtert. Sie wusste nicht, wo sie war und was sich auf der anderen Seite der Tür befand.

„Ich komme morgen wieder. Bis dahin finde dich mit deiner Situation ab ... umso leichter hast du es. Und falls du dich einsam und allein fühlen solltest, dann denk doch einfach daran, dass ich es mir nachher vor dem Computer gemütlich mache. In deinem eigenen Interesse hoffe ich, dass es ein Stummfilm bleibt. Solltest du wirklich anfangen zu schreien, komme ich sofort. Und dann schreist du nur noch ganz kurz ..."

Nadine hockte in der Ecke des Abstellraums und sah ihn an wie ein geschlagenes Tier. Dass sie ihm völlig ausgeliefert war, hatte sie begriffen. „Ich werde alles tun, was Sie sagen", stammelte sie.

„Ich sehe, du hast deine Lektion gelernt." Hellmer ging nach draußen. Das Letzte, was er noch von Nadine sah, bevor er das Licht ausschaltete und die Tür wieder verschloss, war ihr verzweifelter Blick. Sie schien zu wissen, dass sie ohne fremde Hilfe diesen Raum niemals verlassen konnte.

*

Als Hellmer zurück zu seinem Wagen ging, bemerkte er erneut den Radfahrer, der den schmalen Weg in Richtung Wittelsberg entlang fuhr. Unweit vom Zugang zum Firmengelände stoppte er wieder seine Fahrt. Hellmer murmelte einen leisen Fluch. Der Kerl war neugierig. Jetzt nur keinen

Fehler begehen. Also gab er sich ruhig und gelassen, stieg in seinen Wagen und fuhr vom Firmengelände. Als er das Tor passiert hatte, stieg er aus, zog das Tor hinter sich zu und verschloss es demonstrativ mit dem Schloss, zu dem er den Schlüssel besaß. Natürlich beobachtete ihn der Radfahrer dabei. Gut, denn Einbrecher besaßen in der Regel keine Schlüssel. Hellmer tat so, als bemerke er erst jetzt den neugierigen Radfahrer. Es war ein grauhaariger Mann, der die Sechzig sicher schon überschritten hatte. Er trug eine Brille und eine blaue Sportjacke.

Hellmer grüßte so freundlich wie schon lange nicht mehr, so offenherzig, dass dem Mann gar nichts anderes übrig blieb, als diesen Gruß zu erwidern. „Arbeiten Sie hier?"

„Die nächsten drei Wochen", entgegnete Hellmer. „Jemand muss doch hier nach dem Rechten sehen, wenn der Chef und seine Leute in Urlaub sind, oder? Während die es sich alle gut gehen lassen, schaue ich hier zweimal am Tag vorbei. Ist alles etwas abgelegen, und da ist es schon besser, wenn kontrolliert wird. Man kann ja nie wissen ..."

„Das stimmt!" Der Radfahrer nickte. Er hatte sich entspannt, und schien kein Misstrauen mehr gegen Hellmer zu hegen. „Der Besitzer hatte ja schon mal deswegen Probleme gehabt."

„Das hat er mir gesagt. Manchmal frage ich mich wirklich, in welcher Zeit wir leben. Als ich noch zur Schule ging, wäre ich niemals auf den Gedanken gekommen, unerlaubt irgendwo einzudringen. Mein Vater hätte mir ordentlich die Leviten gelesen, wenn man mich bei so etwas erwischt hätte."

„Die Zeiten werden immer unruhiger. Na, dann will ich Sie mal nicht länger aufhalten. Sie wollen doch bestimmt wieder nach Hause. Schließlich ist ja Wochenende."

„Für mich nicht", antwortete Hellmer, während der Mann wieder auf sein Rad stieg und seine Fahrt nach Wittelsberg fortsetzen wollte. „Morgen muss ich wiederkommen. Ein bisschen was dazu verdienen ist immer gut ..."

Der Mann nickte zustimmend und fuhr weiter, ohne sich noch einmal nach Hellmer umzudrehen.

*

„Wir müssen etwas unternehmen, Horst. Du kannst nicht bis Montagmorgen abwarten und in der Zwischenzeit so tun, als wäre nichts gewesen." Sylvia Hagedorns Stimme klang vorwurfsvoll, während sie ihren Mann anschaute. Beide hatten lange und ausführlich darüber gesprochen, wie sie sich am besten verhalten sollten. Hundertfünfzigtausend Euro standen gegen das Leben ihrer Tochter. „Warum wurde unsere Nadine entführt? Das kann doch nur jemand gewesen sein, der unser Umfeld kennt ... oder unsere finanziellen Verhältnisse."

„Was willst du damit sagen?" Die letzten Stunden hatten in dem Gesicht ihres Mannes Spuren hinterlassen. „Glaubst du, dass uns jemand beobachtet hat?"

„So etwas geschieht nicht aus heiterem Himmel, Horst. Wir *müssen* die Polizei benachrichtigen. Das schaffen wir nicht allein. Wir haben nicht die geringste Sicherheit. Es geht um unsere Tochter. Was ist, wenn dieser Mann ... meine Kleine ...?" Sie konnte nicht weitersprechen.

„Und was ist, wenn er uns in der Zwischenzeit beobachtet und sieht, dass die Polizei vor unserem Haus steht? Willst du das wirklich? Es ist doch klar, was dann geschieht. Das darf nicht passieren. Sylvia! Wir dürfen noch nicht einmal an die Polizei denken."

„Und was sollen wir stattdessen tun? Herumsitzen und auf ein Wunder hoffen?"

„Verdammt, ich weiß es doch auch nicht", erwiderte ihr Mann verzweifelt.

Das Telefon klingelte, die Eheleute fuhren erschrocken zusammen.

„Geh du ran", forderte ihn seine Frau auf. „Ich verliere sonst die Nerven, wenn ich mit diesem ... Schwein auch nur ein einziges Wort reden muss."

„Beruhige dich, Sylvia", sagte Hagedorn, obwohl auch in ihm die Hölle tobte. „Wenn *er* es ist, müssen wir Ruhe bewahren. Ich mache das schon ..." Er nahm das Telefon ab und meldete sich. „Wer ist dort? Nennen Sie Ihren Namen!"

„Ihre Nerven sind nicht die besten, Herr Hagedorn!" Es war die Stimme, die ihre heile Familienwelt heute Mittag ein für alle Mal zerstört hatte. „Sie sollten doch Ruhe bewahren ..."

„Was zum Teufel haben Sie mit unserer Tochter gemacht?" Horst Hagedorn explodierte förmlich am Telefon, obwohl er das nicht beabsichtigt hatte. Sein Kopf war hochrot.

„Ihrer Tochter geht es den Umständen entsprechend gut, Herr Hagedorn. Ich hoffe doch sehr, Sie haben zwischenzeitlich genau überlegt, was Sie tun. In Ihrem Interesse noch einmal meine klare Warnung: Keine Polizei. Sonst sehen Sie Nadine niemals wieder!"

„Wir tun ja alles, was Sie sagen." Der Wutanfall war vorbei. „Entschuldigen Sie bitte, dass ich ..."

„Sie wissen, was ich will", unterbrach ihn der Unbekannte. „Schaffen Sie das bis Montag?"

„Ich kann erst Montag früh jemanden erreichen, mit dem ich das alles besprechen kann", erklärte Hagedorn. „Hundertfünfzigtausend Euro kann man nicht einfach so mitnehmen."

„Das interessiert mich nicht!" Die Antwort kam kaltschnäuzig. „Ich gebe Ihnen einen zusätzlichen Tag. Am Dienstagabend halten Sie alles für mich bereit. Ich melde mich wieder!"

„Jetzt warten Sie doch mal! Sagen Sie mir bitte, wie es meiner Tochter geht. Ich will wissen, ob …"

„Das werden Sie erfahren, wenn ich das Geld habe", fiel ihm der Entführer ins Wort. „Tun Sie nur das, was ich Ihnen gesagt habe. Sonst werden Sie Ihre Tochter niemals wiedersehen. Und nochmals: Keine Polizei. Verstanden?"

„Ja!" Hagedorn wischte sich Schweiß von der Stirn. „Wir wollen doch nur unsere Tochter zurück!"

Es klickte. Der Mann hatte das Gespräch beendet.

„Was hat er gesagt, Horst? Rede doch … ich will wissen, was mit Nadine ist."

„Er hat nichts weiter erzählt", lautete Hagedorns kleinlaute Antwort. „Er hat nur über Geld gesprochen … und dass er uns einen weiteren Tag Zeit gibt, um es zu besorgen. Das ist nicht viel, aber es hilft mir, alles in die Wege zu leiten. Aber eins ist jetzt schon klar, Sylvia … auch ich bekomme das Geld nicht ohne eine entsprechende Begründung."

„Du weißt doch, mit wem du darüber sprechen solltest! Schreiber wird das genehmigen, ohne dass etwas an die große Glocke kommt. Wann sprichst du mit ihm?"

Hagedorn seufzte. „Morgen!"

*

Hellmer hatte das Gespräch beendet, bevor er den Cappeler Berg erreichte. Er schaltete das Handy aus und legte es auf den Beifahrersitz. Es war jetzt kurz vor neunzehn Uhr, früher Samstagabend. Er erinnerte sich daran, dass es einmal eine Zeit gegeben hatte, als er abends öfters weggegangen war und auf diese Weise zumindest einige oberflächliche Kontakte geknüpft hatte. Aber da man Kneipenbekanntschaften nicht unbedingt zu seinem festen Bekannten- oder gar Freundeskreis zählen kann, hatte sich all dies rasch wieder verflüchtigt. Irgendwann hatte er für sich entschieden, es sich lieber daheim gemütlich zu machen. Aber nicht an diesem Abend. Er hatte keine Lust, in ein Haus zurückzukehren, in dem die Heizung Probleme machte und es in den oberen Räumen immer noch unangenehm feucht war. Er hatte versucht, die vom Wasserschaden in Mitleidenschaft gezogenen Räume so gut wie möglich zu trocknen, doch das half nur wenig, die Feuchtigkeit hatte sich in den Wänden festgesetzt und würde spätestens im Winter für weitere Probleme sorgen.

Hellmer ordnete sich nicht nach rechts zur Zufahrt in die Goldbergstraße ein, sondern folgte weiter der Marburger Straße in Richtung Ortsmitte. Für einen kurzen Moment trübte sich seine Stimmung, als er am Gebäude der Cappeler Bankfiliale vorbeifuhr. Hier hatte sich seine Talfahrt fortgesetzt, als er um ein Gespräch wegen einer Kreditberatung bat. Als man ihm erklärte, er müsse sich in diesem Fall an die Zentrale wenden, um mit Horst Hagedorn über sein Anliegen zu sprechen, da hatte er Mut geschöpft. Hagedorn und er waren Mitglieder im TSV Cappel und kannten sich flüchtig von diversen Sportveranstaltungen. An dieses entscheidende Gespräch musste er jetzt denken.

*

Nervös war er, als er in die Wilhelmstraße abbog und dann in das Parkhaus der Sparkasse fuhr. Von dort aus gelangte er in die große Schalterhalle und blickte sich im ersten Moment suchend um.

„Guten Tag", begrüßte ihn eine blonde Bankangestellte, als Hellmer auf den Informationsschalter zuging. „Kann ich Ihnen weiterhelfen?"

„Ich möchte Herrn Hagedorn sprechen." Hellmer hatte sich zu diesem Termin in einen Anzug gezwängt. Normalerweise bevorzugte er saloppe Kleidung, doch natürlich war es wichtig, einen guten Eindruck zu machen, wenn man einen wichtigen Termin wahrnehmen musste.

„Wen darf ich melden? Und in welcher Angelegenheit?"

„Mein Name ist Manfred Hellmer. Herr Hagedorn und ich kennen uns privat."

Die Frau bat ihn, sich einen Augenblick zu gedulden und in der Wartezone Platz zu nehmen. Sie ging nach hinten und verschwand in einem der benachbarten Büros. Wenig später kam sie mit Horst Hagedorn zurück. Der Banker trug einen dunklen Anzug, ein weißes Hemd und eine dezente Krawatte, alles klassisch konservativ. Hellmer erhob sich und lächelte Hagedorn an. Wie es eben Menschen tun, die im gleichen Verein sind und auch ab und zu privat miteinander Umgang pflegen.

„Herr Hellmer! Guten Tag!", begrüßte ihn Hagedorn mit geschäftlicher Miene, während sich Hellmer daran erinnerte, dass sie sich auf dem Fußballplatz vor nicht allzu langer Zeit auch schon mal geduzt hatten. Hagedorn benahm sich jedoch bewusst distanziert, wohl um die Interessen der Bank nicht mit privaten Dingen zu vermischen. „Bitte kommen Sie doch mit in mein Büro. Dort können wir in Ruhe reden."

Hellmer folgte Hagedorn, der ihm einen Platz am Besuchertisch anbot, während er selbst sich in den Ledersessel hinter seinem Schreibtisch fallen ließ. „Ich habe schon gehört, dass Sie in unserer Filiale in Cappel waren und dass man Sie dort an mich verwiesen hat."

„Es geht um einen ... zusätzlichen Kredit", sagte Hellmer, während ihn Hagedorn wie eine Spinne betrachtete, die ein ahnungsloses Insekt vor sich hatte. „Ich hatte einen Wasserschaden im Haus, und der Heizungskeller hat auch etwas abbekommen. Der heftige Wolkenbruch vor einigen Tagen hat mir und meinen Nachbarn in der Goldbergstraße große Probleme bereitet."

„Davon habe ich gehört." Hagedorn nickte, gab sich aber weiterhin distanziert. „Ich habe mir auch schon Ihre Kundenakte angesehen, damit ich auf dem aktuellen Stand bin. Direkt zur Sache: Solche Unwetterschäden werden in der Regel von der Versicherung übernommen."

„Schon ..." Hellmer zögerte und seufzte. „Aber es gab da ein ... sagen wir mal ... kleines Problem. Die Versicherung hat mir mitgeteilt, dass eine Unterdeckung besteht. Deshalb kann man mir nur einen Teil des Schadens erstatten."

Hagedorn machte sich Notizen. „Über welchen Betrag reden wir denn?"

„Ich denke, fünfundzwanzigtausend Euro sollten ausreichen. Ich muss die Heizung teilweise erneuern und das Dach abdichten. Außerdem wollte ich fragen, ob wir die Tilgung des laufenden Kredits für ... gewisse Zeit aussetzen können. Ist so etwas möglich?"

„In bestimmten Fällen ja", erwiderte Hagedorn und schaute Hellmer prüfend an. „Mit Ihrem Einkommen ist es aber eng, Herr Hellmer. Das Hausdarlehen ist an Festschreibungen gebunden ... das wissen Sie. Die Sparkasse hat damals bei der Finanzierung gewisse Dinge toleriert. Das war eine großzügige Regelung und ..."

„Ich will offen sprechen. Ich bin in eine Notlage geraten. Man hat mir gekündigt."

Hagedorns Gesicht zog sich in die Länge. „Wann?"

„Vor knapp zwei Wochen. Ich brauche dieses zusätzliche Geld, um das Haus zu reparieren. Noch bevor der Winter kommt. Sonst gibt es weitere Probleme."

„Und Sie dachten natürlich, dass Ihnen die Bank diesen Gefallen einfach so tut, nicht wahr?"

„Ich habe gar nichts gedacht ... ich bin gekommen, um Sie zu fragen, was wir tun können, Herr Hagedorn", antwortete Hellmer gepresst. „Irgendeine Lösung muss es doch geben."

„Die gibt es ... aber ich fürchte, keine gute." Hagedorn legte den Bleistift beiseite. „Durch Ihre Arbeitslosigkeit werden Sie nach einem Jahr nicht mehr in der Lage sein, die Kreditraten zu bezahlen. Sie wissen, was nach einem Jahr passiert?"

„Hartz 4." Hellmer seufzte. „Aber dazu wird es nicht kommen. Ich bin schon auf der Suche nach einer neuen Stelle, und ich bemühe mich ja auch ..."

„Sie verkennen den Ernst der Lage", fiel ihm Hagedorn ins Wort. „Auf solche vagen Behauptungen dürfen wir uns nicht einlassen. Unter diesen Umständen können wir Ihnen weder einen zusätzlichen Kreditrahmen einräumen noch einer Stundung zustimmen. Dokumentieren Sie, dass Sie bald wieder einer regelmäßigen Arbeit nachgehen, bringen Sie entsprechende Verdienstnachweise. Sonst droht die Zwangsvollstreckung."

„Ich bin zu Ihnen gekommen, um Sie um Hilfe zu bitten ... und Sie wollen mir mein Haus wegnehmen?" Hellmer war so entsetzt angesichts dieser Entscheidung, dass er sich kaum noch unter Kontrolle hatte. In seinen Augen blitzte es wütend auf. Er ballte seine Hände zu Fäusten.

„Ich persönlich will gar nichts von Ihnen, Herr Hellmer. Nur dass dies von Anfang an zwischen uns klar ist", erwiderte Hagedorn. „Ich befolge nur die Regeln und den Vertrag, den Sie mit unserem Haus abgeschlossen haben. Sie haben mich bestimmt verstanden. Teilen Sie mir bitte gegen Ende des Monats mit, ob sich berufliche Veränderungen für Sie ergeben haben. Dann werden wir noch einmal darüber sprechen."

„Verdammt, ich brauche das Geld ... jetzt!" Hellmer erhob sich so hastig, dass der Stuhl nach hinten fiel. „So schnell wie möglich. Sonst wird alles nur noch schlimmer!"

„Das ist einzig und allein Ihre Sache", wies ihn Hagedorn zurecht. Sein abschätzender Blick verwandelte sich in eine arrogante Miene. Die Tür öffnete sich und ein Mitarbeiter kam herein. Er hatte wohl das Poltern und Hellmers laute Stimme in Hagedorns Büro vernommen.

„Herr Hellmer wollte gerade gehen", sagte Hagedorn zu seinem Kollegen. Und zu Hellmer gewandt: „Vergessen Sie nicht, was ich Ihnen gesagt habe. Bitte verstehen Sie unsere Entscheidung. Wir sind ein Unternehmen, das nach betriebswirtschaftlichen Gesichtspunkten arbeiten muss."

Hellmer schwieg. Was hätte er auch sagen sollen? Hagedorn hatte ihm sehr deutlich zu verstehen gegeben, was er von ihm hielt. Er verließ das Büro im Laufschritt.

*

Hellmer parkte seinen Wagen demonstrativ vor der Cappeler Sparkasse und ging die letzten zwanzig Meter zu Fuß.

Sein Ziel war ein türkisches Schnellrestaurant, das vor knapp fünf Jahren an der Marburger Straße neu eröffnet hatte. Zwei der fünf Tische waren besetzt. Jeweils von einer Familie mit Kindern. Hellmer hörte, wie die Kinder lachten, er sah durch das große Fenster, wie ein junges Pärchen Arm in Arm die Straße entlang kam, während er das Lokal betrat. Dieser Anblick und die Szenen an den Tischen setzten ihm an diesem Abend zu. Nachher würde er wieder in ein leeres Haus zurückkehren, wo ihn niemand mit einem freundlichen Lächeln empfing. Und selbst die vage Hoffnung darauf, dass er bald wieder jemand kennenlernen konnte, gehörte wohl der Vergangenheit an. Jede Frau würde einen großen Bogen um ihn machen, sobald sie erfuhr, dass Hellmer nicht nur arbeitslos war, sondern auch in einem baufälligen Haus lebte.

Er war so in Gedanken, dass er zuerst gar nicht hörte, wie ihn der Angestellte des Lokals nach seinen Wünschen fragte. Erst dann wurde er sich wieder bewusst, weshalb er eigentlich hierhergekommen war und bestellte einen Dönerteller zum Mitnehmen. In diesem Moment parkte ein Fahrzeug direkt vor dem Lokal. Zwei Uniformierte stiegen aus und kamen herein. Hellmer fühlte sich in deren Gegenwart unsicher, obwohl sie auch nur Essen orderten. Als er endlich mit seinem Dönerteller das Lokal verließ, hinter dem Steuer seines Wagens Platz nahm und den Motor startete, spürte er den kalten Schweiß am ganzen Körper.

*

Horst Hagedorn wachte auf und blickte sich verwirrt um. Er atmete heftig, er hatte geträumt, von seiner Tochter Nadine. Das Bett neben ihm war leer. Sylvia war nicht da. Dutzende von Gedanken gingen Hagedorn in diesem Moment durch den Kopf. Draußen wurde es allmählich hell. Er stand auf, verließ das Schlafzimmer und fand seine Frau im Wohnzimmer. Sie saß auf dem Sofa, wahrscheinlich schon seit Stunden. Sie hatte geweint. Hagedorn erkannte es an ihren geröteten Augen, als er das Licht einschaltete.

„Ich kann nicht schlafen", murmelte sie, ohne ihn dabei anzusehen. „Das geht erst wieder, wenn mein Kind zurück ist." Ihre Hände zitterten, als sie nach der Zigarettenschachtel griff. Sylvia rauchte schon seit zwei Jahren nicht mehr, doch in dieser Stunde kurz vor Morgengrauen schien sie wieder ihrem alten Laster verfallen zu sein.

„Und ich hab von Nadine geträumt." Hagedorn setzte sich neben seine Frau auf das Sofa und schaute sie nachdenklich an. „Sylvia ... es ist so furchtbar, was gerade passiert."

„Du weißt, wie ich dazu stehe", antwortete seine Frau mit einer Kälte, die ihn selbst erschreckte. „Ich will, dass du die Polizei informierst ... jetzt gleich. Sonst mache ich es."

Hagedorn spürte, dass ihm seine Frau gerade ein Ultimatum stellte. „Sylvia, du weißt, welches Risiko es bedeutet, wenn wir die Polizei einschalten. Es ist gut möglich, dass der Entführer uns beobachtet, wenn ein Polizeifahrzeug vor der Haustür steht, werden es nicht nur die Nachbarn mitbekommen. Und dann heißt das auch, dass ..."

„Was redest du da?", unterbrach sie ihn mit einer Stimme, die voller Verzweiflung war. „Denkst du denn nicht daran, welche Qualen Nadine in der Zwischenzeit durchmacht? Was würdest du dir denn wünschen, wenn du in ihrer Lage wärst und irgendwo gefangen gehalten wirst? Dann hoffst du doch auch darauf, dass man dir hilft, oder?"

„Natürlich! Doch denke auch an den Mann, der Nadine entführt hat und wie er sich verhalten wird, wenn die Polizei sich einschaltet. Nadine wird dafür bitter büßen! Er hat es doch gesagt. Sylvia ... und das ist der Grund, warum ich bisher gezögert habe, die Polizei anzurufen."

Seine Frau stand auf und ging zur Anrichte, auf der das Telefon stand. Sie nahm das Gerät von der Ladestation, kam wieder zurück zum Sofa und schaute ihn dabei an. „Hier ist das Telefon", sagte sie. „Worauf wartest du noch?"

Hagedorn wusste, dass er seine Frau nicht mehr umstimmen konnte.

*

Hauptkommissar Klaus Westermayer hatte es sich seit einer knappen halben Stunde in der Küche gemütlich gemacht und genoss an diesem Sonntagmorgen ein opulentes Frühstück. Draußen zogen dunkle Wolken auf, erste Regentropfen prasselten wenig später auf das Dachfenster seines Hauses in Niederweimar am Weinberg. So würde es vermutlich auch den ganzen Sonntag über bleiben. Die kalte Herbstzeit signalisierte an Tagen wie diesen wieder einmal, wie schön es war, wenn man es sich in den eigenen vier Wänden gemütlich machen konnte. Besonders nach einer anstrengenden Arbeitswoche. Am Freitag hatte eine Besprechung in der Dienststelle in der Raiffeisenstraße in Cappel stattgefunden, verbunden mit einem internen Führungsseminar, bei dem irgendwelche schlauen Theoretiker vom LKA Wiesbaden ihre Weisheiten unter das Volk bringen wollten. Und ausgerechnet Marburg hatte man für die erste Seminarveranstaltung ausgesucht. Westermayer besaß weder einen akademischen Grad noch Diplome. Er war ein Praktiker, der sich ohne Beziehungen hochgearbeitet hatte und eine gute Menschenkenntnis besaß.

Als er sich eine zweite Tasse Kaffee einschenken wollte, klingelte es. Missmutig blickte Westermayer auf den Küchentisch. Es war sein Diensthandy und das konnte nur bedeuten, dass sein gemütlicher Sonntag in akuter Gefahr war. Sehnsüchtig sah Westermayer noch einmal auf den heißen Kaffee, bevor er nach dem Handy griff und sich mit mürrischer Stimme meldete. „Was?", fragte er, nachdem er zuvor die Nummer seines Mitarbeiters Peter Stuhr auf dem Display erkannt hatte. „Warum gönnen Sie mir mein Wochenende nicht, Stuhr?"

„Entschuldigung, Chef", hörte er Stuhrs aufgeregte Stimme. „Ich tue das ungern, aber wir haben Arbeit. Sogar ganz in Ihrer Nähe."

„Wo?"

„Ein Anruf aus Cappel", klärte ihn sein Kollege auf. „Ein junges Mädchen wurde entführt. Die Eltern werden erpresst. Sie hatten Angst, uns anzurufen, weil sie glauben, dass sie vom Entführer beobachtet werden und der durchdreht, wenn er mitbekommt, dass die Polizei gerufen wurde."

„Geben Sie mir Name und Anschrift", verlangte Westermayer und bekam von Stuhr sofort die entsprechende Info. „Mache mich direkt auf den Weg."

„Und ich bin in der Dienststelle und warte auf Sie."

Westermayer beendete das Gespräch, nahm seine Tasse und trank ein paar hastige Schlucke Kaffee. Es schmeckte ihm nicht mehr, die Nachricht hatte ihm das ruhige Wochenende zunichte gemacht. Er ging zur Garderobe, zog sich eine Jacke über und warf einen Blick in den Spiegel. Was er sah, war ein Mann Mitte vierzig, mit dunklen Haaren, die an den Schläfen schon ziemlich grau waren. Das Spiegelbild signalisierte ihm erneut, dass er vielleicht etwas mehr Sport treiben sollte, um sich fit zu halten. Aber bei seinem Job war es eine Illusion, jemals pünktlich Feierabend zu machen und anschließend in eines der umliegenden Fitnessstudios gehen zu können. Er griff nach seinem Schlüsselbund und verließ das Haus. Es regnete immer noch, als er zu seiner Garage ging und das Tor öffnete. Er setzte sich ans Steuer seines metallicfarbenen VW Passats, startete den Motor und fuhr los. Er folgte der abschüssigen Schützenstraße bis zur Kreuzung und bog dann nach rechts in die Herborner Straße ein. Von dort aus folgte er der Verbindung bis zur Bundesstraße 3 und ordnete sich in den Verkehr Richtung Marburg ein. Die vierspurige Bundesstraße stellte eine wichtige und schnelle Verbindung nach Gießen dar. Die alte Straße war zurückgebaut worden, und die dort ansässigen gastronomischen Betriebe hatten das Nachsehen. Das Gasthaus Ochsenburg gehörte dazu. Früher war der direkt gegenüber von der Gaststätte liegende Parkplatz voll mit Reisebussen gewesen. Seitdem die neue Abfahrt der Bundesstraße aber einen guten Kilometer weiter oberhalb am Kieswerk gebaut worden war, fuhr kaum jemand zurück, sondern setzte seine Reise in Richtung Norden fort.

Die Scheibenwischer bewegten sich im gleichmäßigen Takt, während das markante Stadtbild von Marburg in Sicht kam. Die Bundesstraße führte wie eine Autobahn mitten durch Marburg und teilte die Stadt in einen historischen Teil mit einer malerischen Fußgängerzone und schmucken Wohngebieten. Auf der anderen Seite hatten sich Firmen und Dienstleister neben Schulen und öffentlichen Einrichtungen angesiedelt, weiter oberhalb schloss sich eine Trabantenstadt mit zahlreichen Wohnblocks an, teilweise soziale Brennpunkte, die Hauptkommissar Westermayer durch diverse Einsätze kannte. An der Abfahrt Marburg-Süd verließ Westermayer die Schnellstraße und fuhr in Richtung Cappel. Am Gebäude der Kreishandwerkerschaft bog er nach rechts ab und folgte der Umgehungsstraße fast bis zum Ortsende. Er kannte den Cappeler Berg, weil er im Restaurant des Hotels Seebode regelmäßig einkehrte.

Er bog links in die Vogelsbergstraße ein und parkte seinen Wagen direkt an der genannten Adresse. Als er ausstieg, ließ der Regen ein wenig nach. Er klingelte, kurz darauf hörte er Schritte. Die Tür wurde geöffnet, und Westermayer blickte in die verkniffene Miene eines Mannes in seinem Alter.

„Ich bin Hauptkommissar Klaus Westermayer." Er zückte seinen Dienstausweis. „Sind Sie Herr Hagedorn? Darf ich eintreten?"

„Kommen Sie herein. Schnell!", forderte ihn dieser auf, nachdem er mit einem kurzen Nicken die Fragen des Hauptkommissars bestätigt hatte. Die Tür wurde von ihm rasch wieder verschlossen. Währenddessen war eine Frau aus dem Wohnzimmer gekommen, die ebenfalls sehr angespannt wirkte und Westermayer mit einem Blick bedachte, der eine Mischung aus Angst und Unsicherheit war. Westermayer kannte solche Situationen und wusste, wie er sich zu verhalten hatte. Wenn Eltern ihre Kinder vermissten, hatten sie meist eine schlaflose Nacht hinter sich, bevor sie zur Polizei gingen und um Hilfe bei der Suche baten. In den meisten Fällen tauchten die Kinder jedoch kurz darauf wieder auf. Die Ursache für deren Verschwinden war oft ein Streit innerhalb der Familie. Bei einer Entführung lag die Hoffnung auf eine rasche Lösung allerdings erst mal in weiter Ferne.

„Das ist meine Frau Sylvia", stellte Hagedorn seine Frau dem Beamten vor.

„Kommen Sie ins Wohnzimmer", bat ihn die Frau. „Sie müssen uns helfen ... wir machen uns große Sorgen, dass unser Kind ..." Sie brach mitten im Satz ab, Tränen glitzerten in ihren Augenwinkeln. „Entschuldigen Sie bitte ..." Sie griff verstohlen nach einem Taschentuch. „Ich bin nervlich am Ende, nachdem wir diesen Anruf erhalten haben."

„Erzählen Sie mir alles in Ruhe, Frau Hagedorn", bat Westermayer. „Und denken Sie daran, dass jedes Detail wichtig sein kann."

Sylvia Hagedorn berichtete. Westermayer hörte schweigend zu und machte sich Notizen. Als die Rede auf Nadines sportliche Aktivitäten kam, unterbrach er sie sofort. „Sie sagten, Ihre Tochter wäre joggen gegangen, Frau Hagedorn. Nimmt sie dafür immer den gleichen Weg?"

„Ja", meldete sich ihr Mann zu Wort. „Sie macht das jeden Samstag ... so pünktlich, dass man fast die Uhr danach stellen könnte. Nadine ist ein Mädchen, das für ihr Alter schon recht gut weiß, was sie will. Sie verlässt jeden Samstag um acht Uhr zwanzig nach dem gemeinsamen Frühstück unser Haus und wählt dann den Weg, der oberhalb vom kleinen Parkplatz in den Wald abzweigt."

„Ich kenne den Weg." Westermayer nickte. „Er führt in einem weiten Bogen zum Hotel Seebode durch den Wald."

„Und er wird regelmäßig von anderen Sportlern genutzt", fügte Sylvia Hagedorn hinzu. „Deshalb haben wir uns auch keine Sorgen gemacht. Verstehen Sie mich bitte richtig, Herr Westermayer. Mein Mann und ich mussten uns um unsere Tochter niemals sorgen. Zumindest bis gestern ..."

„Haben Sie ein Foto von Ihrer Tochter?", fragte Westermayer.

„Natürlich", erwiderte Horst Hagedorn. „Aber sie müssen mir versprechen, dass die Sache nicht in die Zeitung kommt. Wir müssen Nadine schützen. Ich will nicht, dass der Entführer durchdreht. Er klang am Telefon so ... seltsam."

„Wie oft hat er angerufen?"

„Zweimal", antwortete Hagedorn. „Gestern Mittag, und dann noch einmal am Abend. Er hat Nadines Handy benutzt. Seine Forderungen waren klar und deutlich. Er verlangt hundertfünfzigtausend Euro. Erst dann will er Nadine wieder frei lassen."

„Was hat er sonst noch gesagt? Konnten Sie seine Stimme irgendwie zuordnen?"

„Vermuten Sie etwa, dass der Entführer uns kennt?" Sylvia Hagedorn blickte verstört zwischen ihrem Mann und Hauptkommissar Westermayer hin und her.

„Ich vermute noch gar nichts. Ich sammele nur Fakten, Frau Hagedorn", erwiderte Westermayer. „Ihre Tochter geht jeden Samstagmorgen um die gleiche Uhrzeit joggen. Also kann das jemand beobachtet haben, der nur auf den richtigen Zeitpunkt gewartet hat."

Inzwischen hatte Horst Hagedorn ein Foto seiner Tochter geholt und gab es dem Hauptkommissar. Westermayer warf einen Blick darauf. Das Foto zeigte ein hübsches Mädchen mit blonden Haaren und modischer Kleidung. Sie lächelte offenherzig in die Kamera.

„Haben Sie oder Ihre Tochter Feinde?", wollte Westermayer wissen. „Ich muss Sie das fragen. Gibt es irgendjemanden, der einen Grund dafür haben könnte, Nadine zu entführen?"

Sylvia Hagedorn ergriff das Wort. „Wir kennen Nadines Freundeskreis. Sie hat oft Besuch von Freundinnen, ab und zu kommt auch mal ein Junge vorbei, alles liebe, junge Menschen."

„Und was ist mit Ihnen?", fragte Westermayer weiter. „Haben Sie Feinde?"

Sylvia Hagedorn wirkte verunsichert. „Herr Hauptkommissar", antwortete sie gereizt. „Ich weiß nicht, mit welcher Welt Sie in Berührung kommen, aber mein Mann und ich leben in geordneten Verhältnissen. Horst ist Leiter der Kreditabteilung bei der Sparkasse. Er ist in der Firma angesehen. Wir haben einen anspruchsvollen Freundeskreis. Es gibt niemanden, der uns etwas Böses will."

Ihr Mann pflichtete ihr bei. „Dem habe ich nichts mehr hinzuzufügen. Was werden Sie tun? Schließlich geht es nicht um uns, sondern um unsere Tochter. Können wir uns darauf verlassen, dass alles, was wir besprochen haben, nicht an die Öffentlichkeit kommt?"

„Herr Hagedorn, ich glaube, Sie unterschätzen die ganze Sache", erwiderte Westermayer nach kurzem Überlegen. „Wir werden jedenfalls unsere Arbeit tun."

„Das heißt?"

„Spuren suchen. Ich werde zwei Kollegen zu dem besagten Waldweg schicken. Ein Techniker wird bei Ihnen alles so vorbereiten, dass wir den nächsten Anruf des Entführers lokalisieren können."

„Und was ist, wenn der Entführer von all dem etwas bemerkt?", äußerte Hagedorn seine Skepsis. „Ich möchte nicht, dass Nadine dadurch in Gefahr gerät."

Westermayer griff nach seinem Handy. „Ich werde den Kollegen jetzt benachrichtigen." Er wählte Stuhrs Nummer. In kurzen Sätzen informierte er seinen Kollegen, was zu tun war.

„Wir treffen uns in einer Viertelstunde im Büro", sagte der Hauptkommissar abschließend und beendete das Gespräch. „Sie bleiben bitte in ihrem Haus und halten sich zu unserer Verfügung. Sollte Ihnen irgendetwas auffallen, dann rufen Sie mich sofort an." Er holte eine Visitenkarte aus der Jacke und legte sie auf den Tisch. „Ich werde ohnehin heute noch einmal zu Ihnen kommen. Bis dahin machen Sie mir bitte eine Liste mit Namen und Adressen von denjenigen, mit denen Nadine befreundet ist. Sofern Sie dies im Detail wissen."

„Was haben Sie damit vor?", fragte Hagedorn. „Hatten wir uns nicht darauf geeinigt, dass Sie und Ihre Leute sich erst einmal zurückhalten? Wenn der Entführer das mitbekommt, dann wird es ..."

„Wir haben uns auf gar nichts geeinigt, Herr Hagedorn", unterbrach ihn Westermayer, nachdem er aufgestanden war. „Ich kann Ihnen lediglich versprechen, dass wir unser Bestes tun werden, um Nadine zu finden. Und zerbrechen Sie sich nicht den Kopf darüber, ob Sie irgendjemand beobachtet. Sollte das wirklich so sein, dann werden wir den Kerl schnell erwischen. In den nächsten Stunden wird eine Zivilstreife die Augen offen halten."

„Bringen Sie mir meine Tochter zurück, Herr Hauptkommissar", sagte Sylvia Hagedorn eindringlich. „Alles andere ist unwichtig geworden. Dieser Kerl darf ihr nichts tun. Ich würde es nicht überstehen ..." Sie sprach den Satz bewusst nicht zu Ende.

*

Westermayer fuhr mit gemischten Gefühlen zurück zu seiner Dienststelle in der Raiffeisenstraße. Seine Miene war nachdenklich, als er den Pförtner grüßte und dann in den 1. Stock hinaufging. Dort wartete Kommissar Peter Stuhr auf ihn. Mit Stuhr arbeitete Westermayer seit vier Jahren zusammen. Die beiden waren ein gutes Team, auch wenn es eine gewisse persönliche und private Distanz gab, die noch nicht zum vertrauten *Du* geführt hatte.

„Wie war's?", fragte Stuhr.

„Das ist eine komplizierte Angelegenheit", meinte Westermayer, nachdem er hinter seinem Schreibtisch Platz genommen hatte. „Wir reden gleich darüber." Noch während er das sagte, griff er zum Telefon und wählte eine Nummer. „Ich brauche das Spurensicherungsteam. Zwei, drei Leute. Ja, jetzt gleich. Cappeler Berg, der Parkplatz rechts oberhalb der letzten Häuser. Nein, keine Absperrung. Ich bin in einer halben Stunde ebenfalls vor Ort. Danke."

Stuhr hatte die Stirn gerunzelt.

„Es geht um hundertfünfzigtausend Euro Lösegeld", berichtete Westermayer seinem Kollegen, holte das Foto von Nadine heraus und legte es auf den Tisch.

Stuhr betrachtete es. „Hübsches Mädchen. Sie hat bestimmt einen großen Bekanntenkreis."

„Anzunehmen", sagte Westermayer. „Die Eltern erstellen für uns eine Namensliste. Sie haben mir gesagt, dass Nadine jeden Samstagmorgen pünktlich um acht Uhr zwanzig das Haus verlässt und immer die gleiche Strecke zum Joggen nimmt. Diese Entführung wurde sorgfältig geplant, da bin ich mir sicher."

„An ihrer Stelle würde ich mir zum Joggen keinen einsamen Waldweg aussuchen. Und gestern Morgen hat es doch geregnet. Da bleibt man zu Hause und läuft nicht durch Matsch und Dreck."

„Wir werden uns die Strecke einmal anschauen", entschied Westermayer. „Jeder Täter hinterlässt Spuren. Das perfekte Verbrechen gibt es nicht."

„Man merkt, dass Sie das Seminar vom letzten Freitag noch in guter Erinnerung haben." Diese ironische Bemerkung konnte sich Stuhr nicht verkneifen.

„Was ich viel besser in Erinnerung habe, ist Ihr Anruf,

während ich gerade entspannt zu Hause gefrühstückt habe", konterte Westermayer. „Den Rest des Sonntags kann ich jetzt abschreiben ... genauso wie die Hoffnung auf ein paar ruhige Tage in nächster Zeit."

*

Sonntagmorgen 8.15 Uhr
Zwei Stunden zuvor
Die Nacht war schrecklich gewesen. Nadine hatte Albträume durch erlebt. Schweißgebadet war sie aufgewacht und hatte am ganzen Leib gezittert, als ihr erneut bewusst wurde, wo sie sich befand. Sie hatte leise vor sich hin geweint, bis ihr schließlich klar wurde, dass ihr dass auch nicht half, hier herauszukommen. Auf der anderen Seite der Tür hatte sie hin und wieder ein leises Rascheln vernommen, das aber immer in dem Moment verstummte, wenn sie sich der Tür näherte und angestrengt in die Dunkelheit lauschte. Nadines Phantasie ging mit ihr durch, als sie sich vorstellte, dass Ratten im alten Gemäuer lauerten. Sie hatte auch ein leises Schaben in einer Ecke vernommen, oder zumindest geglaubt, ein solches Geräusch gehört zu haben.

Als der vermummte Mann die Tür verschlossen hatte und seine Schritte verklungen waren, hatte sich Nadine als einziger noch verbleibender Mensch in einer Welt gefühlt, die auf einmal nach ganz anderen Gesetzen funktionierte. Ihr Elternhaus in der Vogelsbergstraße in Cappel, die Stimmen und das Lachen ihrer Freundinnen, mit denen sie sich abends in der Stadt treffen wollte – all dies schien unendlich weit hinter ihr zu liegen. Als wäre sie die einzige Bewohnerin eines fremden Planeten, von dem man einen Blick zurück auf die Orte werfen konnte, an denen sie bisher gelebt hatte. Ein untrennbarer Abgrund verhinderte jedoch, dass sie jemals wieder zurückkehren konnte.

Nadine erhob sich. Sie fühlte sich wie gerädert, als sie zu der Stelle ging, wo sich der Eimer befand. Oder besser gesagt, wo sie ihn zuletzt gesehen hatte, als noch Licht in diesem furchtbaren Abstellraum gebrannt hatte. Sie tastete sich auf allen vieren durch die Dunkelheit, bis ihre rechte Hand den Eimer spürte – und den Geruch, der vom Inhalt ausging. Doch sie musste sich dringend erleichtern. Wenigstens war sie in diesem Moment unbeobachtet. Zumindest hoffte sie es. Nachdem sie ihre Notdurft verrichtet hatte, kroch sie zurück zur Matratze, der einzigen vertrauten Stelle in diesem dunklen Raum. Irgendwann sah sie unter der Tür einen winzigen Schimmer Helligkeit. Vielleicht ein Zeichen dafür, dass es draußen Tag wurde. Also musste sich in dem Raum jenseits der Tür zumindest ein Fenster befinden, durch das Licht einfiel.

Die Panik wurde größer, als sie sich vorstellte, hier niemals wieder herauszukommen. Vielleicht war dieser Ort so abgelegen, dass niemand sie hören würde, wenn sie um Hilfe schrie. Doch dann dachte sie wieder an die Worte, die der vermummte Entführer gesagt hatte, bevor er gegangen war, und sie zwang sich dazu, ruhig zu bleiben. Ihre Sinne konzentrierten sich darauf, zu überleben. Es war wichtig, dass sie wieder zu Kräften kam. Auch wenn der Geruch aus dem Eimer jetzt etwas penetranter wurde, so versuchte Nadine nicht daran zu denken, sondern griff nach den wenigen Lebensmitteln, die der Mann zurückgelassen hatte. Sie zwang sich, etwas zu essen und trank mehrere Schlucke aus der Cola-Flasche. Es erschien ihr wie das köstlichste Mahl, das sie jemals zu sich genommen hatte.

Nachdem sie sich gestärkt hatte und der Lichtschimmer

durch den Türspalt wenigstens für ein dämmriges Zwielicht sorgte, begann sie damit, ihr Gefängnis zu inspizieren. Unter einigen Brettern lag ein Stück dreckige Plane. Sie schob die Bretter beiseite, holte den Rest der Plane hervor und deckte damit den Eimer ab. Der Geruch war nun nicht mehr so stark. Wenig später vernahm sie von draußen ein Geräusch. Sie zuckte zusammen, als ihr bewusst wurde, dass dies der Motor eines Autos war. Eine Autotür wurde zugeschlagen, dann näherten sich Schritte.

*

Hellmer war schlecht gelaunt. Heute Morgen war die Heizung nicht angesprungen, das Haus kühlte aus. Im Radio wurde jedoch gemeldet, dass in den nächsten Tagen die Temperaturen wieder etwas ansteigen würden. Für Hellmer bedeutete das, dass er Zeit gewinnen konnte, bevor er den Heizungsinstallateur erneut bitten musste, bei ihm vorbei zu schauen.

Ich muss Lösegeld erpressen, damit ich über die Runden komme, dachte er, während er den Cappeler Berg hochfuhr. *So tief bin ich in dieser Gesellschaft also schon gesunken!*

Er schob diese Gedanken beiseite und konzentrierte sich auf das, was ihn an diesem Morgen erwartete. Es ging schon auf neun Uhr zu, also höchste Zeit, dass er zu Nadine fuhr und sich persönlich davon überzeugte, dass sie die Nacht gut überstanden hatte. Er hatte neben einigen Joghurts und Brot auch zwei Flaschen Mineralwasser eingepackt, damit Nadine ausreichend zu trinken hatte. Vor ihm fuhr ein metallicfarbener VW Passat, der nach links in die Vogelsbergstraße einbog. Für einen Augenblick wurde Hellmer neugierig, beschloss aber, seinen Weg in Richtung Heskem fortzusetzen.

Knapp zehn Minuten später hielt er wieder vor dem Werksgelände, stieg aus und öffnete das Tor. Anschließend fuhr er weiter und brachte den Wagen hinter dem Gebäude zum Stehen. Hellmer griff nach der Plastiktüte und vergaß beinahe die Skimütze mitzunehmen. Er zog sie sich über und schloss die Tür zum Gebäude auf. Als er sich der Tür näherte, hinter der sich Nadine befand, zögerte er einen Moment. Er rückte die Mütze erneut zurecht, sodass wirklich nur die Augen zu sehen waren, betätigte den Lichtschalter und drehte dann den Schlüssel im Schloss herum. Bevor er die Tür jedoch öffnete, zückte er sein Messer.

Das Mädchen hockte am Boden und hielt beide Hände vor die Augen, weil sie von dem grellen Licht geblendet war. Hellmer stellte die Tüte neben der Tür ab und betrachtete seine Geisel.

„Alles in Ordnung?", fragte er. Als die Antwort ausblieb, wiederholte er die Frage.

„Es stinkt hier", erwiderte Nadine, deren Augen sich zwischenzeitlich an das helle Licht gewöhnt hatten. „Der Eimer dort hinten. Ich kann den Geruch kaum …"

Auch Hellmer rümpfte die Nase. Er musterte das Mädchen. Nadine sah blass aus. Ihre blonden Haare waren verklebt. In der Kleidung hatte sich der feuchte Geruch eingenistet, der hier allgegenwärtig war. „Rühr dich nicht von der Stelle und bleib in deiner Ecke!" Er zeigte dabei mit der Messerklinge auf sie. „Ich spaße nicht. Verstanden?"

Nadine nickte. Hellmer war sicher, dass er das Mädchen so stark eingeschüchtert hatte, dass sie auf keine dummen Gedanken kam. Er griff nach dem Eimer, um ihn hinaus zu tragen. Die Tür verschloss er hinter sich, dann sorgte er dafür, dass der Inhalt des Eimers in der Toilette verschwand. Natürlich wäre es ein Leichtes gewesen, Nadine diesen Weg gehen zu lassen, damit sie ihr Bedürfnis erledigen konnte. Aber dann hätte sie vielleicht auch erkannt, wo und in welcher Umgebung sie sich befand. Und genau das wollte Hellmer auf jeden Fall verhindern, denn wenn das Mädchen nach Übergabe des Lösegeldes wieder freikam, dann sollte sie so wenig wie möglich über ihre Gefangennahme erzählen können.

Hellmer betätigte die Spülung und ging wieder zurück. Er schloss die Tür auf und bemerkte gleichzeitig einen länglichen Schatten, der auf ihn zukam. Instinktiv duckte er sich und konnte dem Brett, das Nadine in beiden Händen hielt, gerade noch ausweichen. Ein zweiter Schlag gelang dem Mädchen nicht. Er hatte sie an den Armen gepackt und zwang sie, das Brett fallen zu lassen. Nadine schrie vor Schmerzen und trat nach Hellmer. Mit dem rechten Fuß traf sie sein Schienbein. Hellmer fluchte. Sein Griff lockerte sich, und Nadine nutzte diese Chance, um wieder auf ihn loszugehen. Mit der rechten Hand griff sie nach der Skimütze, mit einem Ruck riss sie ihm die Maske vom Kopf. Was sie dann sah, erschreckte sie so sehr, dass sie jegliche Gegenwehr vergaß. Sie hatte offenbar nicht damit gerechnet, dass darunter ein Gesicht zum Vorschein kam, das sie kannte!

„Verdammter Mist!" Hellmer schlug Nadine ins Gesicht, so hart, dass die Oberlippe aufplatzte und zu bluten begann. Sie prallte gegen die Mauer der hinteren Wand und sackte weinend zusammen, während sie beide Hände vor ihr Gesicht hielt, um sich vor weiteren Schlägen zu schützen.

Hellmer stand unter Schock. Nun war das eingetreten, was er unter allen Umständen hatte verhindern wollen. Dieses kleine Biest! Mit dieser Reaktion hatte er nicht gerechnet.

„Schau mich an!", befahl er ihr, während er näher kam. Als

sie auf seinen Befehl nicht sofort reagierte, trat er mit dem Fuß nach ihr. Nadine zuckte zusammen, nahm die Hände weg und schaute in sein wütendes Gesicht.

„Das hätte niemals passieren dürfen", sagte Hellmer mit mühsam unterdrückter Wut. „Du weißt, wer ich bin, nicht wahr? Lüg mich nicht an!"

„Ich weiß nicht, wie Sie heißen", erwiderte Nadine leise. „Aber ich kenne Sie ... und mein Vater kennt Sie auch. Ich habe Sie ein paar Mal auf dem Sportplatz gesehen, Sie haben dort auch mit meinem Vater gesprochen."

„Du bist ein helles Köpfchen ..." Hellmer seufzte. „Aber manchmal ist es besser, wenn man nicht zu viel weiß. Dir ist doch jetzt wohl klar, dass ich dich nicht mehr gehen lassen kann, oder?"

Die letzten Worte schockierten Nadine. „Wollen Sie mich umbringen?"

„Los, leg die Hände auf den Rücken!"

Nadine bemerkte das wütende Funkeln in seinen Augen und schien zu wissen, dass sie ihn jetzt nicht weiter reizen durfte. Widerstandslos ließ sie sich von Hellmer mit dem Klebeband fesseln.

„Wenn du ruhiger geworden bist, werde ich mir überlegen, ob ich dich heute Abend wieder losbinde. Inzwischen kannst du mal darüber nachdenken, was das alles für dich bedeutet."

„Lassen Sie mich doch einfach frei", bat Nadine. „Ich bin sicher, dass mein Vater nichts unternehmen wird."

Hellmer winkte ab. „Dafür ist es zu spät. Doch ich werde eine Lösung finden. Verlass dich darauf!" Er bedachte sie nochmals mit einem abwertenden Blick. „Falls du Hunger oder Durst haben solltest, musst du bis heute Abend warten."

Er verließ den Abstellraum, schloss die Tür hinter sich und schaltete das Licht aus.

*

Düstere Gedanken hielten Hellmer im Griff, als er wieder vom Firmengelände fuhr und hinter sich das große Tor verschloss. Drei Sekunden hatten alles verändert, und nichts war mehr so, wie er es von Anfang an geplant hatte. Je länger er darüber nachdachte, umso deutlicher wurde die logische Konsequenz. *Ich kann sie nicht mehr frei lassen. Sie hat mich erkannt. Es wäre nur eine Frage der Zeit, bis die Polizei mich erwischen wird. Ich muss so schnell wie möglich an das Lösegeld kommen, und dann wird es auch einen Weg geben, wie ich das Problem mit Nadine löse. Sie hat mir nichts getan ... nur ihr Vater ist verantwortlich dafür, dass es überhaupt so weit gekommen ist.*

Je länger Hellmer darüber nachdachte, umso so sicherer wurde er sich über seine nächsten Schritte. Nur Nadine hatte ihn erkannt, dabei sollte es bleiben. Das hatte sie sich selbst eingebrockt ...

Er ließ den Kreisel von Heskem hinter sich und fuhr die Straße in Richtung Beltershausen entlang. Dort bog er rechts ab und erreichte fünf Minuten später den kleineren Ortsteil Frauenberg. Auf dem Parkplatz gegenüber vom Gasthaus *Zur Burgruine Frauenberg* standen zahlreiche Fahrzeuge, teilweise mit auswärtigen Kennzeichen. Das Restaurant war bekannt für seine gute Küche und zog auch Gäste von außerhalb an. Dies traf auch für das einen Kilometer oberhalb liegende Hotel Seebode zu. Hellmer registrierte dort ebenfalls viele parkende Fahrzeuge. Aber für einen Sonntag war das nichts Außergewöhnliches. Der Inhaber und Chefkoch hatte eine gute Ausbildung im Ausland absolviert und in mehreren europäischen Ländern Erfahrungen gesammelt, bevor er schließlich das alte Hotel Seebode gekauft und von Grund auf restauriert hatte. Dieses Konzept war aufgegangen, die Gäste kamen zahlreich.

Hellmer erreichte den Waldrand, die Straße fiel hier etwas ab. Kurz darauf kam links der Parkplatz ins Blickfeld. Dort standen zwei Autos. Im Vorbeifahren registrierte er, dass zwei Männer aus einem dritten dunklen Wagen stiegen. Einer von ihnen hatte einen Metallkoffer in der Hand, sein Begleiter kramte auf dem Rücksitz herum. Vom Waldweg kam in diesem Moment ein dritter Mann, der den beiden anderen zuwinkte und sie mit Gesten aufforderte, ihm zu folgen. Mehr konnte Hellmer nicht erkennen. Es war ungewöhnlich, einen Metallkoffer auf einem Spaziergang mit in den Wald zu nehmen. Hellmer beschloss, den Dingen auf den Grund zu gehen. Er fuhr weiter nach Cappel und folgte dem Verlauf der Marburger Straße bis zum Ortskern. Dort wendete er seinen Wagen und fuhr schließlich zurück zum Cappeler Berg. Als der Parkplatz in sein Blickfeld kam, drosselte er die Geschwindigkeit. Der Mann, der eben den Metallkoffer bei sich gehabt hatte, stand am Beginn des Waldweges und begann mit einem rot-weißen Absperrband einen Teil des Waldweges zu sichern.

Die haben es gewagt, die Polizei einzuschalten! Hellmer war fassungslos. Die Hagedorns wussten doch, was das für sie bedeuten konnte. *Er will sein Geld behalten*, schlussfolgerte Hellmer, während er in Richtung Frauenberg fuhr. *Dafür riskiert er das Leben seiner Tochter!*

Er war so in Gedanken, dass er den Wagen erst im letzten Moment bemerkte, der von der Zufahrtsstraße zum Hotel Seebode abbiegen wollte. Geistesgegenwärtig trat Hellmer auf die Bremse, Reifen quietschten. Der andere Wagen fuhr weiter. Hellmer zitterte. Während der Wagen vor ihm weiter in Richtung Ortsmitte Beltershausen unterwegs war, bog Hellmer links auf die Umgehungsstraße ab. Er konnte noch nicht nach Hause fahren und so tun als wäre heute Morgen nichts geschehen. Er musste erst einmal wieder klar im Kopf werden und in Ruhe überlegen, wie er weiter vorging. Der erste Zorn und die Enttäuschung darüber, dass innerhalb von zwei Stunden eine Menge schiefgegangen war, hatten sich zum Glück wieder gelegt und machten jetzt einer nüchternen Kälte Platz, von der Hellmer niemals vermutet hätte, dass er dazu fähig sei.

An der großen Kreuzung zwischen Cappel und Marburg fuhr er weiter stadteinwärts. Vorbei am Psychiatrischen Krankenhaus bis zur Kreuzung an der Großseelheimer Straße, dann geradeaus. Nach knapp zweihundert Metern links erreichte er den Parkplatz der Adolf-Reichwein-Schule, der an diesem Sonntag natürlich leer war. Gegenüber befand sich sein Ziel, das Lokal und Bistro *Chevy*. Als er noch im Uni-Klinikum gearbeitet hatte, war er nach Schichtende öfters hier gewesen. Das Essen war reichhaltig und günstig, und man bekam auch noch zur späten Stunde etwas. Das Lokal besaß ein auffälliges Interieur. Bilder und Dekoartikel erinnerten an die alten Rock 'n' Roll-Zeiten der frühen 60er Jahre. Alte Autositze und Nierentische luden zum Verweilen ein, während aus einer Wurlitzer-Jukebox ein Song von Buddy Holly ertönte.

Hellmer ließ sich an einem der Tische nieder und sah sich um. Zu dieser Zeit hielten sich nur wenige Gäste im *Chevy* auf. Hellmer war es recht, er mochte keine voll besetzten Lokale, wo der Geräuschpegel manchmal so stark war, dass man das Essen nicht in Ruhe genießen konnte. Buddy Holly war natürlich kein Störfaktor für ihn. Er besaß selbst zwei CD's dieses Sängers.

Hellmer bestellte einen Burger mit allen Zutaten und eine eiskalte Cola. Die Bedienung notierte seinen Wunsch und lächelte ihm dabei kurz zu. Doch Hellmer ignorierte diese Geste. Er war hier, um etwas zu essen und in Ruhe zu überlegen, was zu tun sei. Es war klar, dass es sich bei dem Mann mit dem Metallkoffer um einen Polizisten gehandelt hatte. Er und seine Kollegen suchten den Waldweg nach möglichen Spuren ab. Und vielleicht fanden sie ja auch die Stelle, wo Hellmer hinter dem Gebüsch Nadine aufgelauert hatte. Aber sie würden dort nichts finden. Er hatte sorgsam darauf geachtet, keine persönlichen Gegenstände zurückzulassen. Auch die Spritze hatte er wieder eingesteckt, nachdem der Inhalt bei Nadine rasche Wirkung gezeigt hatte. Und seinen Wagen hatte er ein Stück entfernt geparkt. Außerdem hatte es geregnet, und das bedeutete: der Regen hatte alle Spuren zunichte gemacht. Zumindest vermutete Hellmer das. Was er aber nicht verstehen konnte, war die Tatsache, dass Nadines Eltern doch noch die Polizei eingeschaltet hatten. Das war der Beweis dafür, dass ihnen das Leben ihrer Tochter offensichtlich nicht viel bedeutete. Mit dieser Entscheidung brachten sie Hellmer in Zugzwang.

Den wirklich großen Fehler aber habe ich begangen, als ich einen winzigen Moment nicht auf Nadine aufgepasst habe, dachte Hellmer, während die Bedienung das bestellte Essen brachte. *Jetzt wird alles noch komplizierter. Aber sie werden mich nicht erwischen. Ich muss nur genügend drohen, damit sie einsehen, dass es falsch war, die Polizei einzuschalten. Dafür werden sie büßen!*

*

„Stopp!", rief Hauptkommissar Westermayer, als er aus dem Wagen stieg und einen der Beamten des Spurensicherungsteams sah, der gerade eine Rolle mit rot-weißem Signalband aus seinem Metallkoffer holte und Anstalten machte, den Zugang von dieser Seite des Weges abzusperren. „Lassen Sie das!" Seine Stimme klang scharf. Der Mann zuckte zusammen. „Ich habe doch klar und deutlich gesagt, dass kein großes Aufsehen gemacht werden soll. Hat man Ihnen das nicht mitgeteilt? Verdammt, der Entführer könnte hier in der Nähe sein und alles beobachten."

„Tut mir leid", erwiderte der Beamte schulterzuckend. „Ich dachte doch nur, dass ..."

„Schon gut", brummte Westermayer und bedeutete Stuhr, ihm zu folgen. Dann sah er die beiden Männer der Spurensicherung am Rande eines Gebüschs stehen. Sie waren in ein Gespräch vertieft.

Der Hauptkommissar begrüßte seine Kollegen. „Habt ihr schon etwas herausfinden können?"

„Für Wunder ist es noch etwas zu früh", erwiderte Westermayers Kollege David Striebeck. „Gestern Morgen hat es heftig geregnet, Klaus. Das erschwert die Suche nach Spuren natürlich. Wir haben aber etwas gefunden. Schau dir das mal an." Er wies auf eine Stelle im Gebüsch. „Hier sind einige abgeknickte Zweige, und es gibt Reste von Spuren, die auf eine Auseinandersetzung hindeuten."

„Hier könnte der Entführer auf sein Opfer gelauert haben", schlussfolgerte Westermayer. Er war kein Experte, was die Sicherung und Deutung von möglichen Spuren betraf. Diesen Job überließ er den Leuten, die speziell dafür ausgebildet waren. Für ihn zählten nur die Ergebnisse.

„Möglich", erwiderte Striebeck. „Ansonsten haben wir noch keine verwertbaren Hinweise gefunden, die eine detaillierte Deutung zulassen."

„Fußspuren?"

„Die gibt es natürlich", sagte Striebeck. „Aber für einen Waldweg ist das nichts Außergewöhnliches. Wir haben eben erst angefangen, Klaus. Gib uns noch ein paar Stunden Zeit, dann kann ich vielleicht mehr sagen."

„Gut", meinte Westermayer. „Und achtet auf euer Umfeld. Wenn sich ein vermeintlicher Jogger zu sehr für das interessiert, was ihr hier tut, dann will ich wissen, wer das ist."

„Glaubst du, dass der Entführer aus der Nähe ist?"

„Es spricht einiges dafür, dass der Täter aus dem Umfeld der Familie des entführten Mädchens kommt. Mehr darüber herauszufinden ... das gehört zu meinem Job. Stuhr und ich fahren jetzt noch einmal zu den Eltern. Wenn ihr in der Zwischenzeit etwas gefunden habt, will ich es sofort wissen."

„Geht in Ordnung", versicherte Striebeck. „Ich rufe dich an."

Westermayer und Stuhr gingen zurück zum Parkplatz. Der Beamte mit dem Absperrband schaute in eine andere Richtung, als Westermayer und sein Kollege an ihm vorbeigingen.

„Der Mann ist sauer", sagte Stuhr, als er in den Wagen stieg.

„Ich auch. Die Sache kann gefährlich werden, wenn der Entführer zu früh mitbekommt, was hier im Gange ist. Und ich habe das unbestimmte Gefühl, dass das irgendwann der Fall sein wird."

„Aber wenn das so ist, dann ist das doch ein erneutes Indiz dafür, dass er sich hier irgendwo in der Nähe aufhalten muss", sagte Stuhr.

„Und genau deswegen müssen wir ganz vorsichtig mit allem sein, was wir tun, Stuhr. Wir wissen nichts über den Entführer. Er könnte auch eine Kurzschlusshandlung begehen."

„Dann kann er sein Lösegeld abschreiben", meinte Stuhr.

„Ich will wissen, wer dieser Mann ist", fügte Westermayer hinzu. „Ich muss seine Stimme am Telefon hören."

Gemeinsam fuhren sie zum Haus der Familie Hagedorn in der Vogelsbergstraße. Westermayer parkte seinen Wagen ein Stück unterhalb des Hauses, direkt davor stand schon ein anderes Fahrzeug. Vermutlich das des Technikers, den Westermayer angefordert hatte. Die beiden Beamten stiegen aus und klingelten an der Tür. Wenige Augenblicke später wurde ihnen geöffnet. Es war Torsten Stein, ein Kollege aus der technischen Abteilung.

„Herr und Frau Hagedorn sind im Wohnzimmer", meinte Stein mit gedämpfter Stimme zu Westermayer. „Die Frau ist mit den Nerven fertig."

„Hast du alles installiert?", fragte Westermayer. „Hat jemand angerufen?"

„Bis jetzt noch nicht", erwiderte Stein. „Und das Warten setzt den Eltern zu. Wir sollten einen unserer Psychologen informieren, Klaus. Allein schaffen das die Eltern nicht."

Westermayer betrat das Wohnzimmer und stellte seinen Kollegen vor. Stuhr nickte den Hagedorns freundlich zu.

„Gibt es Neuigkeiten, Herr Hauptkommissar?", fragte ihn Sylvia Hagedorn mit zitternder Stimme. „Haben Sie etwas finden können? Auch wenn es nur ein winziger Hinweis ist?"

„So etwas braucht seine Zeit, Frau Hagedorn", erwiderte Westermayer. „Überlassen Sie das am besten unseren Experten. Sie werden uns Bescheid geben, sobald sie etwas herausgefunden haben, das uns weiterhilft. Haben Sie die Namensliste fertig, um die ich Sie gebeten hatte?"

Die Frau griff nach einem Blatt Papier, das auf dem Tisch lag, und reichte es Westermayer. „Aber ich kann Ihnen nicht versprechen, ob Ihnen das weiterhilft. Es sind eben nur die Personen, die Nadine hier besucht haben. Wen sie aber sonst noch kennt, das wissen wir nicht."

„Ich kann mir beim besten Willen nicht vorstellen, dass eine von diesen Personen Nadine etwas antun könnte", meldete sich Horst Hagedorn zu Wort. „Streit gibt es immer wieder mal zwischen Jugendlichen ... aber das ist doch kein Grund, gleich einen Menschen zu entführen."

„Haben Sie einen Verdacht?", wollte Westermayer wissen.

„Ich glaube nicht, dass das wichtig ist", antwortete Hagedorn. „Das liegt ja auch schon fast zwei Monate zurück. Auf der Liste steht ein gewisser Leon Reininger und ..." Er zögerte einen kurzen Moment, weil er nicht so recht wusste, wie er seine Gedanken am besten in Worte fassen konnte.

„Was ist mit ihm?", fragte Westermayer.

„Damals vermuteten mein Mann und ich, dass Nadine für Leon mehr empfinden würde als Freundschaft", ergriff Sylvia Hagedorn das Wort. „Aber wir haben uns offensichtlich getäuscht. Anfangs fühlte sich unsere Tochter sehr geschmeichelt darüber, dass Leon sie öfters abholte und mit ihr ausging. Die ganze Sache hat aber nicht lange gedauert. Gerade mal einen Monat, wenn ich mich richtig erinnere. Das war doch so, Horst?"

„Ja", bestätigte ihr Mann. „Und wenn Sie mich fragen, dann bin ich ganz froh darüber, dass die Sache nicht weiter gegangen ist, Herr Hauptkommissar. Dieser Leon stammte aus Verhältnissen, mit denen Sylvia und ich nicht einverstanden gewesen wären."

Westermayer warf einen kurzen Blick auf die Adresse dieses Leon Reininger. Friedrich-Ebert-Straße am Stadtrand von Marburg. Eine Wohnblocksiedlung, in der zahlreiche Menschen unterschiedlicher Nationen zusammen wohnten. Dort herrschten des Öfteren Spannungen, die manchmal nur von der Polizei geklärt werden konnten. Westermayer wollte jedoch keine voreilige Beurteilung abgeben, bevor er sich nicht selbst persönlich davon überzeugt hatte. „Wir werden diesem Hinweis nachgehen, Herr Hagedorn." Er steckte die Namensliste ein. „Ist Ihnen in der Zwischenzeit sonst noch etwas eingefallen, was Nadines Freunde angeht? Denken Sie bitte genau nach. Jeder kleine Hinweis kann uns weiterhelfen."

„Seit unsere Tochter verschwand, ist bereits ein Tag verstrichen, und wir wissen immer noch nicht, wer das getan hat", sagte Sylvia Hagedorn. „Wir haben Sie gerufen, damit Sie uns helfen ... und zwar so schnell wie möglich. Die Anwesenheit Ihrer Leute beunruhigt mich. Was ist, wenn der Täter in der Nähe ist und alles beobachtet?"

„Ich denke immer noch darüber nach, welches Motiv der Entführer eigentlich hat und ob er wirklich im Freundeskreis Ihrer Tochter zu suchen ist", sagte Westermayer und zog sich für diese Bemerkung missbilligende Blicke der Hagedorns zu.

„Ich kenne niemanden, der es auf mich abgesehen hat und der sich vielleicht an mir rächen will", kam prompt die Antwort von Sylvia Hagedorn. Sie schaute dabei zu ihrem Mann. In diesem Augenblick klingelte das Telefon. Die beiden zuckten zusammen.

„Nun gehen Sie schon ran", forderte Westermayer Nadines Vater auf. „Verhalten Sie sich ruhig und gelassen. Der Entführer darf nichts merken. Reden Sie mit ihm und versuchen Sie Zeit zu gewinnen. Haben Sie verstanden?"

Horst Hagedorn nickte, griff nach dem Telefon und meldete sich. Westermayer blickte in der Zwischenzeit zu seinem Kollegen Torsten Stein, der alle erforderlichen Vorbereitungen getroffen und auch dafür gesorgt hatte, dass man die Stimme des Anrufers klar und deutlich hören konnte.

„Sie haben einen Fehler gemacht!", war eine männliche Stimme zu hören, leicht gereizt. „Haben Sie vergessen, dass Sie die Polizei aus dem Spiel lassen sollen?"

Hagedorn wusste im ersten Moment nicht, was er darauf erwidern sollte. Verständlicherweise gingen ihm in diesem Augenblick alle möglichen Gedanken durch den Kopf, während sich auf seiner Stirn feine Schweißperlen bildeten. „Wie geht es meiner Tochter?", fragte er, ohne auf die Bemerkung des Entführers einzugehen. „Ich möchte mit Nadine sprechen."

„Sie haben keine Forderungen zu stellen", erwiderte der Unbekannte in barschem Ton. „Was ist mit dem Geld? Am Dienstagabend will ich es haben. Das ist die letzte Frist, die ich Ihnen setze. Danach wird es schlimm für Nadine ... darauf gebe ich Ihnen mein Wort."

Westermayer sah fragend zu seinem Kollegen Stein, dessen Ortungsgeräte liefen und der gab Hagedorn ein Zeichen, alles dafür zu tun, dass die Verbindung noch länger stand.

„Sie bekommen das Geld", sagte Hagedorn schließlich.

„Gut ... dann werden Sie auch Ihre Tochter wiedersehen", erwiderte der Entführer. „Morgen erfahren Sie von mir den Zeitpunkt und die Übergabe. Und seien Sie vorsichtig. Natürlich weiß ich, dass die Polizei bei Ihnen ist. Ihre Tochter gerät dadurch in Lebensgefahr. Das wissen Sie!" Mit diesen Worten wurde das Gespräch beendet, bevor die Ortung weitere Details preisgeben konnte.

Westermayer drehte sich zu seinem Kollegen. „Was ist, Torsten? Kannst du etwas sagen?"

„Marburg", erwiderte dieser. „Er hat aus Marburg angerufen. Westlicher Stadtteilbereich. Genaueres kann ich nicht sagen. Dazu hätte ich mehr Zeit gebraucht."

„Schon gut. Das ist besser als nichts. Besteht eine Chance, das Handy von Nadine weiter zu orten?"

„Nur wenn es eingeschaltet ist", erwiderte Stein. „Aber wenn ich der Entführer wäre, dann würde ich mich mit den Anrufen sehr zurückhalten. Vermutlich wird er sich erst morgen wieder melden ... wie er es angedeutet hat. Und dass er dabei das Handy noch einmal benutzt, ist auch nicht unbedingt gesagt. Vielleicht meldet er sich dieses Mal aus einer Telefonzelle."

„Hast du alles mitgeschnitten?", fragte ihn Westermayer, Stein nickte. „Spiele es bitte noch einmal ab. Ich möchte diese Stimme ein zweites Mal hören."

Der Kollege nickte. Sekunden später hörten alle noch einmal die Stimme des Entführers.

„Kennen Sie diese Stimme, Herr Hagedorn?", fragte Westermayer. „Kommt Ihnen irgendetwas daran bekannt vor? Denken Sie bitte genau nach."

„Ich ... ich weiß nicht", erwiderte Hagedorn. „Wollen Sie damit sagen, dass es jemand ist, der mich kennt und der womöglich ...?"

„Sie haben Zeit. In der Zwischenzeit werden mein Kollege Stuhr und ich diesen Leon Reininger besuchen und ihm einige Fragen stellen. Torsten, du gibst mir bitte sofort Bescheid, wenn sich der Entführer noch einmal meldet." Westermayer verabschiedete sich von Nadines Eltern. „Es ist nun Ihre Entscheidung, ob Sie sich darauf einlassen wollen, dem Entführer Lösegeld zu zahlen. Da Sie der Leiter der Kreditabteilung sind, dürften Sie keine Probleme haben, das Geld kurzfristig zu besorgen. Ich möchte Sie jedoch davor warnen, sich auf solche Geschäfte einzulassen. Die Übergabe des Lösegeldes gibt Ihnen keine Garantie, dass Ihre Tochter auch wieder frei gelassen wird. Auf jeden Fall werde ich mit meinen Leuten in der Nähe sein, sobald wir wissen, welchen Ort der Entführer für die Übergabe vorschlägt."

*

Manfred Hellmers Nerven waren angekratzt, nachdem er das Gespräch beendet und das Handy wieder ausgeschaltet hatte. Für den Anruf hatte er einen Ort gewählt, an dem er eigentlich sicher sein konnte, dass ihn niemand störte: die alte Straße zwischen der Stadtwaldsiedlung und Ockershausen. An der Kreuzung, wo eine weitere Straße in Richtung Neuhöfe führte, hatte er sein Auto geparkt, war ausgestiegen und hatte Hagedorns Nummer gewählt. Er hatte sich so kurz wie möglich gefasst, in der Hoffnung, dass Hagedorn seine unmissverständliche Drohung auch ernst nahm. Wahrscheinlich war die Polizei längst im Haus der Hagedorns, um jeden nur erdenklichen Hinweis nachzugehen. Er musste vorsichtiger und schneller sein, wenn er das nächste Mal anrief.

Er wollte gerade zurück ins Auto, als er plötzlich eine Stimme hinter sich hörte. „Na was für ein Zufall! Manfred ... mit dir hätte ich hier nun wirklich am wenigsten gerechnet!"

Hellmer erschrak. Und als er sich umdrehte und seine ehemalige Kollegin Tanja Struck sah, bemühte er sich, zwanglos zu lächeln. „Tanja! Was für ein Zufall. Was machst du denn hier?"

„Joggen. Sieht man das nicht?" Die Sekretärin des ärztlichen Direktors schmunzelte. Sie trug ein auffälliges gelbes T-Shirt, ihre langen Haare hatte sie mit einem Haargummi gebändigt. Die dunklen Leggins umschlossen ihre schlanken Beine wie eine zweite Haut.

„Ich bin nur etwas überrascht, dich hier zu sehen."

„Manfred, es sind gerade einmal vier Wochen vergangen, seit du das Uni-Klinikum verlassen hast", erwiderte Tanja in gespielt vorwurfsvollem Ton. „Hast du denn seitdem alles vergessen? Du müsstest doch eigentlich noch wissen, wo ich wohne."

„In Ockershausen!" Hellmer fluchte in Gedanken.

„Na also. Du weißt es ja doch noch. Wie geht's dir denn jetzt? Alles in Ordnung bei dir?"

Die letzte Frage gefiel Hellmer nicht. In seinen Augen blitzte es kurz auf. „Es ist nicht einfach, Tanja. Wenn man arbeitslos ist, muss man eben Geduld haben."

„Hast du denn schon was in Aussicht? Du hast doch Bewerbungen laufen, oder?"

„Das schon", erwiderte Hellmer. „Aber bis jetzt kamen nur Absagen."

„Hast du es schon mal in Gießen versucht? Das würde für dich doch das nächstliegende sein."

„Versucht schon, aber ich warte noch auf einen definitiven Bescheid."

„Dann fahr doch mal hin und frage nach", meinte Tanja. „Schließlich bist du doch kein Externer, sondern kennst den gesamten Ablauf. Das ist doch ein entscheidender Vorteil. Nutze ihn, Manfred."

„Mache ich", versprach er ihr. „Ich muss jetzt weiter. War schön, dich getroffen zu haben."

„Manfred, ist wirklich alles in Ordnung?"

Hellmer hatte sich schon umgedreht und wollte in seinen

Wagen einsteigen. Er schaute Tanja noch einmal an. „Natürlich ist alles in Ordnung."

„Manfred, wir haben einige Jahre zusammen gearbeitet", sagte Tanja. „Ich glaube, dass ich dich gut genug kenne. Kann ich dir vielleicht irgendwie helfen? Ich meine das ernsthaft."

„Warum solltest du das?", stellte Hellmer die Gegenfrage, während ein Gedanke bereits den anderen jagte und das Kartenhaus, das er mühsam errichtet hatte, gefährlich ins Wanken kam.

„Ich habe gesehen, wie du telefoniert hast, Manfred. Ich war zwar noch zu weit entfernt, um alles verstehen zu können, aber deine Stimme klang sehr laut. Ich mache mir schon Sorgen, wenn ich sehe, wie du mit einem pinkfarbenen Handy draußen im Feld telefonierst."

In Hellmer klingelten sämtliche Alarmglocken. „Ich komme schon zurecht, Tanja. Weißt du, mir ist es irgendwie unangenehm, über solche Dinge zu reden."

„Hast du Geldprobleme? Entschuldige, Manfred, dass ich so neugierig bin. Aber so kenne ich dich nicht. Du warst so aufgeregt am Telefon. Es ging um Geld, nicht wahr?"

„Tanja, mir ist das alles schrecklich peinlich." Hellmer wich ihrem Blick aus. „Ich habe noch einen Ratenkredit laufen, da gibt es Ärger mit einem aufdringlichen Inkassounternehmen."

„Hast du niemand, der dir da aushelfen kann?"

„Seit dem Tod meiner Mutter hat sich alles verändert. Ich kann nur hoffen, dass dieser lästige Kredithai mir glaubt, dass ich die restlichen Raten pünktlich zahlen werde."

„Meine Güte!" Tanja seufzte. „Ich habe wirklich nicht gewusst, dass du solche Probleme hast. Wenn du darüber reden möchtest, dann bin ich jederzeit für dich da, und mir ist es egal, ob du arbeitslos bist. Du warst ein netter Kollege für mich."

„Würdest du das wirklich tun?" Sein Blick war eine Mischung aus Dankbarkeit und Verlegenheit. „Versteh mich bitte nicht falsch ... mit manchen Dingen sollte man einfach nicht scherzen."

„Du müsstest mich doch lange genug kennen, um zu wissen, dass ich das ernst meine, Manfred. Wenn du mal reden willst ... ich bin da. Versprochen."

„Hättest du heute Abend Zeit?", fragte Hellmer spontan. „Tanja, je länger ich darüber nachdenke, umso mehr glaube ich, dass du mir wirklich helfen kannst. Weißt du was? Ich lade dich zum Essen ein, und ich erzähle dir alles in Ruhe. Vielleicht weißt du eine Lösung."

„Hm, heute Abend habe ich wirklich nichts vor." Tanja lächelte etwas verunsichert. „Auch wenn das alles ein bisschen plötzlich kommt, Manfred ... aber ich sage: ja."

„Dafür bin ich dir was schuldig", antwortete er mit sichtlicher Erleichterung. Seine wirklichen Gedanken hätten seine ehemalige Kollegin allerdings zutiefst erschreckt. „Sollen wir uns in Gießen treffen? Direkt vor dem *Mathematikum* in der Bahnhofstraße. Kennst du das?"

„Ja sicher", meinte Tanja. „Aber wir könnten doch auch gemeinsam ..."

„Ich muss vorher noch etwas regeln", fiel er ihr ins Wort. „Deshalb wäre es gut, wenn du nach Gießen kommst und wir uns dort treffen. Ich erzähle dir dann alles. Tanja, ich bin sehr froh, dass du mir ausgerechnet heute über den Weg gelaufen bist. Vielleicht war das ja gar kein Zufall, sondern ein Wink des Schicksals. Ich muss wohl endlich mal lernen, über meinen eigenen Schatten zu springen und das ewige Misstrauen abzulegen. Irgendwann muss ein Dickkopf und

Egoist wie ich auch mal selbst zugeben, dass er ohne Hilfe von außen nicht weiterkommt."

Er trug alles sehr überzeugend vor, doch Hellmers Gedanken kreisten in der Zwischenzeit um zwei Dinge. Das pinkfarbene Handy, das Tanja gesehen hatte, und einen Teil des Gespräches, das sie offensichtlich auch mitbekommen hatte. Sie schien ihm zwar zu glauben, dass er finanzielle Probleme hatte, aber trotzdem stellte die neue unerwartete Situation ein zusätzliches Hindernis für Hellmer dar. Und das musste er aus dem Weg räumen. Pech für Tanja!

„Keine Ursache, Manfred. Ist zwanzig Uhr für dich in Ordnung?"

Er nickte. „Ich warte vor dem *Mathematikum* auf dich, Tanja. Bis später dann."

Das Lächeln, das sie ihm schenkte, war warm und offenherzig, aber es beinhaltete auch eine Spur Mitleid und Skepsis. Wahrscheinlich hatte sie immer noch ein schlechtes Gewissen, weil sie ihn nicht rechtzeitig vor der Entlassung gewarnt hatte und wollte es irgendwie gutmachen.

Hellmer ärgerte sich mal wieder darüber, wie leichtsinnig er sich verhalten hatte. Er setzte sich ans Steuer, startete den Motor und fuhr davon, nachdem er Tanja noch einmal zugewunken hatte. Doch sein freundlicher Blick erstarb in dem Moment, als er ihr den Rücken zuwendete und über die schmale Straße zurück in Richtung Stadtwaldsiedlung fuhr.

*

Der Moment, als sich die schwere Eisentür hinter ihr geschlossen hatte, schien vor einer halben Ewigkeit stattgefunden zu haben. Noch immer schmerzte die Lippe von dem harten Schlag, und auch der Fußtritt, den er ihr verabreicht hatte, hielt Nadine klar vor Augen, in welcher desolaten Situation sie sich befand.

Ich habe ihn erkannt. Um Gottes willen! Er kann mich nicht mehr gehen lassen!

Der Gedanke an den eigenen Tod entwickelte sich in der Dunkelheit des Abstellraums zu einem Trauma. Nicht nur wegen der Schmerzen, die sie spürte, sondern auch in dem Bewusstsein, dass das grausame Schicksal ihr ein Limit gesetzt hatte. Wieder und wieder machte sie sich Vorwürfe, dass sie sich gewehrt und ihm die Maske vom Kopf gerissen hatte. Aber es war eine instinktive Reaktion gewesen. Diese Hoffnung hatte alles andere überlagert und war in dem Moment zunichte gemacht worden, als sie einen Blick in sein Gesicht geworfen und erkannt hatte, dass er kein Fremder war. Diese psychische Anspannung führte zu einem Weinkrampf. Zum ersten Mal schrie sie laut um Hilfe. Als ihre Stimme schließlich ganz heiser wurde, unterließ sie es und streckte sich auf der modrigen Matratze aus. Es hörte sie niemand, das wusste sie jetzt. Also musste sie sich außerhalb einer bewohnten Gegend befinden. Was hatten ihre Eltern wohl in der Zwischenzeit unternommen? Bestimmt standen sie große Ängste durch. *Haben sie schon die Polizei informiert? Sie werden ganz sicher nach mir suchen. Ganz sicher!*

Nadines Gedanken brachen ab, als sie an der hinteren Wand ein leises Rascheln hörte, gefolgt von einem kurzen hellen Fiepen. Als alles still blieb, steigerte sich Nadines Furcht, sie stellte sich vor, dass in diesem feuchten Gemäuer Ratten hausten. Diese ekligen Viecher warteten vermutlich nur darauf, dass sie einschlief, dann würden sie aus ihren Löchern kommen und sich auf sie stürzen! Sie zitterte, als sie sich das im Detail vorzustellen begann. Selbst als die Geräusche längst verstummt waren, glaubte sie, von Dutzenden Augenpaaren beobachtet zu werden. Sie blieb liegen und bewegte sich so wenig wie möglich.

*

In der Friedrich-Ebert-Straße am Stadtrand von Marburg gab es ein kleines Einkaufszentrum, das aus einem russischen Supermarkt, einem vietnamesischen Schnellrestaurant sowie einer Apotheke bestand. Direkt davor befanden sich genügend Parkplätze.

Nachdem Westermayer seinen Kollegen kurz entschlossen in der Dienststelle Raiffeisenstraße in Cappel abgesetzt hatte, fuhr er weiter. Sein Ziel war die Friedrich-Ebert-Straße, die Hausnummer 18. Dort wohnte Leon Reininger. Die Polizeidienststelle war nur knapp hundert Meter Luftlinie entfernt, auf der anderen Seite der Landstraße, die Cappel von der Stadt Marburg trennte. Westermayer parkte seinen Wagen unterhalb des Lokals und registrierte beim Aussteigen eine Gruppe Jugendlicher, die etwas weiter oberhalb standen. Er schenkte ihnen keine Beachtung, als er die Straße überquerte. Es dauerte einen Moment, bis er die Hausnummer 18 entdeckte. Zwölf Parteien wohnten hier, einige Namen auf den Schildern waren kaum leserlich. Die Familie Reininger wohnte im vierten Stock. Westermayer wählte den Weg über das Treppenhaus, weil dies eine willkommene Gelegenheit war, seine Fitness auf die Probe zu stellen. Im vierten Stock schaute er sich kurz um und blieb schließlich vor einer Tür stehen, an der das Türschild darauf hinwies, dass er sein Ziel erreicht hatte. Er klingelte, aber es öffnete niemand. Er versuchte es erneut, und schließlich waren schlurfende Schritte auf der anderen Seite der Tür zu vernehmen. Sie öffnete sich, nur einen Spaltbreit. Eine hagere, blass aussehende Frau musterte Westermayer argwöhnisch.

„Frau Reininger?", fragte er. „Kann ich bitte Ihren Sohn Leon sprechen? Ist er zu Hause?"

„Wer will das wissen?", lautete die abweisende Antwort.

Westermayer zog seinen Dienstausweis. „Würden Sie mich bitte reinlassen, Frau Reininger? Ich muss Ihrem Sohn ein paar Fragen stellen."

„Hat er was ausgefressen? Na ja. Kommen Sie." Sie ging zur Seite, und Westermayer betrat die Wohnung. Ein kurzer Blick sagte ihm, dass hier lange nicht mehr renoviert worden war. Die Tapeten waren bräunlich, Tabakgeruch hing in der Luft.

„Warten Sie einen Moment." Frau Reininger ging den Flur entlang, blieb vor einer Tür stehen und klopfte. „Leon, du hast Besuch. Hörst du? Komm raus!"

Westermayer vernahm dumpfe Basstöne. Als nichts geschah, schlug seine Mutter noch einmal gegen die Tür. Diesmal heftiger. Kurz darauf wurde die Tür geöffnet.

„Was ist?", fragte ihr Sohn mürrisch. „Ich will meine Ruhe haben. Ich muss für die Klausur lernen."

„Bei diesem Lärm kann man nicht lernen", konterte seine Mutter. „Du hast Besuch. Ein Herr von der Polizei. Was hast du angestellt, Leon?"

Der Blick des Jungen war eine Mischung aus Ablehnung, Verwirrung und einer winzigen Spur Unsicherheit. Westermayer ging auf ihn zu. „Nur ein paar Fragen, Leon. Können wir reden?"

„Kommen Sie rein." Leon strich sich eine widerspenstige Strähne seines mittellangen, schwarzen Haares aus der blassen Stirn. Während er den Ghettoblaster ausschaltete, sah sich Westermayer im Zimmer um. Die Wände waren voll mit Bildern von Pop-Stars, die Westermayer nicht kannte.

„Kennst du Nadine Hagedorn?", fragte der Hauptkommissar.

„Kennen ist zu viel gesagt!", kam es wie aus der Pistole geschossen. „Von meiner Seite aus hätte ich Nadine gerne näher kennengelernt ... aber ihre Eltern hatten was gegen mich." Sein Blick verdüsterte sich. „Sie halten sich für was Besseres und haben das auch ihrer Tochter so lange eingetrichtert, bis sie es geglaubt hat. Der alte Sack hat mich irgendwann von seinem Grundstück gejagt und mir sogar gedroht. Was ist denn mit Nadine, Herr ...?"

„Hauptkommissar Westermayer. Nadine wird seit gestern vermisst. Dein Name steht auf einer Liste von Bekannten, die uns die Eltern genannt haben."

„Dass sie das überhaupt getan haben, wundert mich. Vermutlich wollen die mir was ans Zeug flicken. Aber ich weiß nichts ... gar nichts. Ich habe Nadine seit damals nicht mehr gesehen."

„Wo warst du gestern Morgen zwischen acht und elf Uhr dreißig?", wollte Westermayer wissen.

„Das ist ja noch mitten in der Nacht, Mann", grinste Leon. „Na, im Bett! Wo denn sonst? Ich habe die Nacht im KFZ bei einer Indie-Party durchgemacht und bin erst gegen vier Uhr morgens nach Hause gekommen. Meine Mutter hat Gift und Galle gespuckt. Fragen Sie sie ruhig."

Westermayer machte sich Notizen auf einem kleinen Block, bevor er Leon die nächste Frage stellte. „Kann das jemand bezeugen ... außer deiner Mutter?"

„Die Kumpels, mit denen ich auf Tour war", antwortete Leon. „Aber nach der Uhrzeit brauchen Sie die nicht zu fragen. Die waren sternhagelvoll. Genau wie ich. Meine Mutter hat mir gesagt, wie spät es war. Sonst hätte ich es auch nicht gewusst."

„Die Namen von deinen Freunden", forderte Westermayer. „Mit Adresse bitte."

Leon nannte ihm das was er wusste.

„Danke für die Auskunft, Leon." Westermayer erhob sich. „Wird alles überprüft."

„Was ist denn nun genau passiert?", rief Leon dem Hauptkommissar nach. „Mann, ich will doch nur wissen, ob Nadine was zugestoßen ist. Das ist alles."

„Wir wissen es nicht", antwortete Westermayer und öffnete die Zimmertür. Leons Mutter stand davor und fuhr erschrocken zusammen. „Frau Reininger, kommen Sie bitte mit Ihrem Sohn in einer Stunde in unsere Dienststelle. Sie müssen eine Aussage zu Protokoll geben. Sie können bestätigen, dass Ihr Sohn am Sonntagmorgen zu Hause war?"

„Natürlich", nickte Leons Mutter sofort. „Was ist denn nun passiert?"

„Nur Routine. Seien Sie bitte in einer Stunde dort. Fragen Sie entweder nach mir oder nach meinem Kollegen Stuhr." Mit diesen Worten verabschiedete er sich von der Frau und verließ die Wohnung. Als er die Straße überquerte und zurück zu der Stelle ging, an der er seinen Wagen geparkt hatte, waren die Jugendlichen verschwunden, dafür gab es ein paar Kratzer an seinem Auto.

*

„Herr Hoffmann wartet in seinem Büro auf Sie, Chef", meinte Stuhr, als Westermayer hereinkam. „Er hat gesagt, dass er sofort mit Ihnen sprechen möchte, wenn Sie wieder hier sind."

Westermayer seufzte innerlich. Aber er wusste, dass er Paul Hoffmann so schnell nicht abwimmeln konnte. Dabei hatte er darauf gehofft, dass der Abteilungsleiter erst am Montag früh wieder in die Dienststelle kam. „Ich kann mir schon denken, was er will. Gibt´s sonst was Neues?"

„Nichts", entgegnete Stuhr. „Die Spurensicherung tappt noch im Dunkeln. Bis jetzt haben die Kollegen nichts Verwertbares gefunden. Und bei Ihnen? Haben sie mit dem Jungen gesprochen?"

„Ja. Seine Mutter und er kommen nachher noch vorbei, um ihre Aussage zu Protokoll zu geben. Sieht aber ganz so aus, dass Leon ein Alibi hat, an dem wir nicht rütteln können. Er macht auf mich auch nicht den Eindruck, als wäre er kaltblütig genug, um ein Mädchen zu entführen."

„Also müssen wir woanders weitersuchen … vielleicht doch im Umfeld der Eltern."

Die weitere Unterhaltung mit seinem Kollegen fiel ins Wasser. Abteilungsleiter Paul Hoffmann stürmte sichtlich aufgeregt ins Büro. „Hat man Ihnen nicht gesagt, dass ich Sie sprechen will?"

„Falls Sie Kollege Stuhr damit meinen, Herr Hoffmann … ja, das hat er", antwortete Westermayer ruhig. „Ich wäre auch gleich zu Ihnen gekommen. Aber jetzt sind Sie ja hier."

„Ich hätte gerne gewusst, was Sie in der Zwischenzeit unternommen haben, Westermayer. Welche Ergebnisse gibt es? Verdächtige? Sagen Sie doch was!"

„Noch nichts", antwortete Westermayer. „Ich werde die Eltern noch einmal genau befragen."

„Tun Sie das. Wir sollten der Presse auf jeden Fall noch heute Abend brauchbare Informationen liefern. Die Bevölkerung kann uns dann vielleicht weitere Hinweise geben."

„Ich halte dieses Vorgehen für voreilig, Herr Hoffmann", wagte Westermayer seinen Chef zu kritisieren. „Wir wissen nicht, wie der Täter reagieren wird, wenn er morgen früh die Zeitung aufschlägt. Er wird das als Missachtung seiner Anweisungen deuten ... und dafür muss Nadine büßen. Wollen Sie das wirklich riskieren?"

„Wir leben nicht mehr im vergangenen Jahrhundert, wo jeder dahergelaufene Irre andere Menschen erpressen kann", winkte Hoffmann ab. „Wir haben die Möglichkeit, durch Unterstützung der Medien diesen Mann in die Enge zu treiben ... nur so macht er Fehler."

„Oder er bringt Nadine aus Wut um und taucht unter. Wenn das Resultat des Ganzen ein totes Mädchen ist, dann treten Sie bitte vor die Presse und erklären das!"

„Herr Westermayer, ich kenne Ihre Sicht der Dinge zur Genüge", erwiderte Hoffmann gereizt. „Aber ich bin fest davon überzeugt, dass ..."

„Der Schuldige seinen Platz räumen muss, wenn bei der Sache etwas schiefgeht, Herr Hoffmann", fiel Westermayer seinem Chef ins Wort. „Sollte der Entführer sein Opfer umbringen, dann müssen Sie hinterher vor die Presse treten und den Journalisten erzählen, warum der Täter so und nicht anders reagiert hat. Das dürfte nicht sehr förderlich für Ihre weitere Karriere sein."

Hoffmans Gesicht wurde leicht rosig. Er wusste, dass Westermayer im Grunde genommen recht hatte. Paul Hoffmann liebäugelte noch immer damit, in den nächsten Jahren zum LKA nach Wiesbaden zu gehen, um dort in einer Stabsstelle seine Theorien zu entwickeln. Hätte ihm jemand gesagt, wie weit er von der Basis schon entfernt war, dann hätte er das vermutlich gar nicht mehr verstanden. Westermayer hingegen war bekannt dafür, dass er ein Mann klarer Worte war, auch wenn es dem einen oder anderen vielleicht grad nicht in den Kram passte. „Sie haben drei Tage Zeit!" Hoffmanns Ton duldete keinen Widerspruch. „Bis dahin will ich Ergebnisse sehen. Haben wir uns verstanden?"

„Sicher! Aber hier geht es nicht um Statistiken und Erfolgsmeldungen, sondern um das Leben eines Menschen. Und das sollte immer noch Vorrang haben!"

Hoffmann drehte ab und verließ das Büro.

Stuhr seufzte. „Der hat doch auch mal so angefangen wie wir."

„Er hat nur seine Karriere vor Augen", meinte Westermayer. „Um Täter und Opfer geht es bei ihm schon lange nicht mehr. Er will den Fall nur so rasch wie möglich gelöst haben, damit er dann in einer Pressekonferenz punkten kann. Das ebnet ihm dann umso schneller den Weg nach Wiesbaden. Ich möchte darauf wetten, dass er damit liebäugelt."

„Und was machen wir jetzt?"

„Unseren Job! Was sonst? Sie nehmen die Aussage des Jungen und seiner Mutter zu Protokoll." Westermayer warf einen Blick auf seine Armbanduhr. „Die beiden müssten gleich hier sein. Ich fahre noch mal zu den Hagedorns. Die nächsten Tage könnten hektisch werden."

*

Gegen sechzehn Uhr parkte Westermayer seinen Wagen vor dem Haus der Hagedorns, stieg aus und klingelte an der Tür. Sein Kollege Torsten Stein öffnete ihm und gab ihm mit einer eindeutigen Geste zu verstehen, dass sich in der Zwischenzeit nichts ereignet hatte, was von Bedeutung war.

Westermayer ging ins Wohnzimmer. Nadines Eltern saßen dort mit angespannten Gesichtern. Der Geruch von kaltem Tabak hing in der Luft.

„Ich war bei Leon Reininger", sagte Westermayer. „Der Junge scheint mir zumindest in dieser Angelegenheit unschuldig zu sein."

„Und jetzt?", fragte Horst Hagedorn. „Haben Sie eine andere Spur?"

„Das kommt darauf an, was ich von Ihnen erfahre, Herr Hagedorn", erwiderte Westermayer. „Vielleicht sollten wir etwas ins Auge fassen, das mit Ihrem Job zu tun hat. Als Leiter der Kreditabteilung müssen Sie doch bestimmt die eine oder andere unangenehme Entscheidung treffen, oder? Da gibt es doch sicher viele, die sich ungerecht behandelt fühlen, oder?" „Sicher." Hagedorn nickte.

„Gab es in den letzten Wochen Vorfälle, die anders als üblich abliefen?"

„Nein", antwortete Hagedorn. „Eigentlich nicht. Ich habe Kredite gewährt und auch Anträge abgelehnt. Alles im Rahmen des Üblichen. Natürlich kommt es immer wieder mal vor, dass die betreffenden Leute eine solche Entscheidung nicht verstehen. Aber ich bin nicht in der Position, Almosen zu verteilen. Kredite zu gewähren, ist ein ganz übliches und gängiges Geschäft ... und um ein Darlehen zu bekommen, müssen eben bestimmte Voraussetzungen erfüllt werden."

Der Hauptkommissar bedeutete ihm weiterzusprechen.

„Sicherheiten, Herr Westermayer. Entweder ein regelmäßiges Einkommen, das man auch entsprechend dokumentieren kann, oder andere bleibende Werte. Ein Haus zum Beispiel ist immer eine gute Grundlage, um es beleihen zu können. Das bedeutet, dass derjenige, dem wir einen Kredit gewähren, auch in der Lage sein muss, diesen zurückzuzahlen und ...", er stockte.

„Was ist, Herr Hagedorn?", hakte Westermayer nach. „Ist Ihnen etwas Wichtiges eingefallen?"

„Ich ... ich weiß nicht. Schließlich handelt es sich um interne Daten unseres Hauses."

„Horst, du musst Herrn Westermayer sagen, was du weißt", redete seine Frau auf ihn ein. „Es geht um das Leben unserer Tochter. Oder ist dir deine Position in der Bank etwa mehr wert?"

Hagedorn zog die Schultern ein. „Es kann natürlich sein, dass ich mir das alles nur einbilde ... Es wäre äußerst unwahrscheinlich, dass dieser Kerl jemals in der Lage wäre, mir oder meiner Familie irgendwelchen Schaden zuzufügen. Im Leben gibt es Gewinner und Verlierer ... und ich würde ihn zweifelsohne der letzten Kategorie zuordnen."

„Von wem sprechen Sie?"

„Manfred Hellmer. Er wohnt in Cappel, unten in der Goldbergstraße, im alten Dorf. Er ist Mitglied im TSV Cappel, genau wie ich. Daher kenne ich ihn flüchtig. Er war vor einigen Wochen wegen eines Kredits bei mir." Dann erzählte er, was damals geschehen war, und warum er diese Anfrage hatte ablehnen müssen. Und er beschrieb Hellmers aufgebrachtes Verhalten. „Ich kann nichts dafür, wenn das Schicksal andere Menschen in eine Schieflage bringt. Ich muss die Richtlinien meiner Bank befolgen, sonst nichts. Da spielen private Dinge keine Rolle."

„Haben Sie seine Stimme am Telefon erkannt?", fragte Westermayer.

„So gut kenne ich ihn doch auch nicht." Hagedorn schien nachzudenken. „Ich spreche jeden Tag mit so vielen Menschen ... Außerdem ist einige Zeit vergangen, seit ich ihn zuletzt gesehen habe. Die Bewohner der Goldbergstraße gehören nicht unbedingt zu meinem Bekanntenkreis." Sein Tonfall wurde herablassend.

„Ich werde mal mit diesem Hellmer sprechen", meinte Westermayer. „Kennt er auch Ihre Tochter?"

„Woher soll ich das wissen? Nadine ist im Sommer ab und zu mal auf den Sportplatz und zu einigen Veranstaltungen mitgekommen. Hellmer war auch dort. Zumindest habe ich ihn gesehen."

„Und er wohnt nicht weit von Ihnen entfernt", fügte Westermayer hinzu. „Rein theoretisch könnte er in Erfahrung gebracht haben, wann Ihre Tochter joggen geht. Und ein Motiv hat er ebenfalls."

„Wenn jeder, der mal ein solches Problem hat, gleich an Kidnapping denkt ... So was traue ich diesem Verlierer nicht zu. Dazu braucht man zumindest ein gewisses Maß an Intelligenz und Durchsetzungsvermögen. Beides hat Hellmer nicht."

„Das können andere besser beurteilen, Herr Hagedorn. Ich werde ihn jedenfalls befragen." Westermayer erhob sich und wandte sich an seinen Kollegen. „Torsten, du bleibst noch hier?"

„Die nächsten Tage sicher", sagte Stein. „Hagedorns haben mir freundlicherweise ihr Gästezimmer überlassen. Gib bitte in der Dienststelle Bescheid, damit ich morgen Abend abgelöst werde."

Westermayer nickte und verabschiedete sich.

*

Westermayer fuhr seinen Wagen auf den Parkplatz des Hotels Carle, der sich am Anfang der Goldbergstraße befand und ging von dort aus die wenigen Schritte bis zu dem Haus zu

Fuß, in dem Manfred Hellmer wohnte. Von außen gab es nichts Auffälliges zu sehen, außer der Tatsache, dass der Rasen längere Zeit nicht mehr gemäht worden war. Das Tor der leeren Garage stand offen. Trotzdem ging der Hauptkommissar zur Haustür und klingelte. Keine Reaktion. Geduldig wartete er und versuchte es dann noch einmal, mit dem gleichen Ergebnis. Es war kurz vor achtzehn Uhr. Er wollte gerade wieder zurück zu seinem Wagen gehen, als ihn die Stimme einer Frau innehalten ließ. „Herr Hellmer ist nicht da!"

Westermayer drehte sich um. Eine ältere Frau schaute aus dem Fenster des Nachbarhauses.

„Wissen Sie, wann er wiederkommt?"

„Nein. Wer sind Sie denn?"

„Dann komme ich am besten morgen noch mal vorbei." Westermayer winkte der Nachbarin freundlich zu und setzte seinen Weg fort. Eine Vorwarnung brauchte dieser Hellmer nicht.

*

Hellmer zwang sich zur Ruhe, während er links in die Liebigstraße einbog, die in die Bahnhofstraße mündete. Am oberen Ende befand sich der Parkplatz, hinter dem sich das markante Gebäude des Gießener *Mathematikums* erhob. Tanja war bereits dort. *Lass dir nichts anmerken und sei nett zu ihr. Und denk nicht daran, dass Nadine Hagedorn auch noch zum unlösbaren Problem wird. Du hast ihr eben noch einmal ganz deutlich klargemacht, dass du am längeren Hebel sitzt, oder?*

Während er den Wagen in eine Parklücke lenkte, winkte er seiner ehemaligen Kollegin zu. Er stellte den Motor ab und stieg aus. Tanja trug eng geschnittene Jeans und ein Top mit einem gewagten Ausschnitt. Die dunkle Jacke betonte ihre schlanke und sportliche Figur. Jeder Mann wäre glücklich gewesen, mit einer attraktiven Frau wie Tanja, den Abend verbringen zu können. Hellmer dagegen gingen völlig andere Gedanken durch den Kopf, sie kreisten allein um die Tatsache, dass Tanja ihn beobachtet hatte und später womöglich die richtigen Schlüsse ziehen konnte.

Sie wird mich todsicher verraten!

„Du bist ja superpünktlich, Manfred", begrüßte ihn Tanja mit einem strahlenden Lächeln.

„Eine schöne Frau lässt man eben nicht lange warten", entgegnete er. „Ich wollte schon früher hier sein, aber mein Termin hat sich doch etwas in die Länge gezogen. Ich werte das als gutes Zeichen."

„Und?", fragte ihn Tanja neugierig. „Wo warst du?"

„Ich hatte ein Vorstellungsgespräch in einem Seniorenheim in Lollar, Tanja", log Hellmer. „Dort hab ich mich vor zwei Wochen beworben, und als die mich gestern anriefen, war ich froh, als man mich zu einem Gespräch einlud. Selbst wenn es an einem Sonntag ist."

„Und wie sehen deine Chancen aus?"

„Für eine konkrete Einschätzung ist es noch zu früh. Aber ich denke, ich erfülle die Anforderungen. Es war ein angenehmes Gespräch. Der Verwaltungsleiter meinte, es wäre gut, wenn keine lange Einarbeitungszeit erforderlich sei. Schließlich gäbe es genug zu tun."

„Das klingt gut", meinte Tanja. „Du bekommst den Job. Verlass dich drauf."

„Reden wir nicht länger über die Arbeit. Wir machen uns einen schönen Abend. Was hältst du davon, wenn wir indisch essen gehen? Ich kenne ein gutes Restaurant, gar nicht weit von hier."

„Gute Idee." Tanja nickte. „Ich verlasse mich da ganz auf dich. Du weißt ja, dass ich mich in Gießen nicht so gut auskenne."

„Lass dein Auto einfach hier stehen. Es ist nicht weit." Er öffnete für sie die Wagentür, stieg selbst ein und fuhr zurück in die Liebigstraße, an der Ampel dann nach links in die Frankfurter Straße.

„Wenn Professor Bernhardt wüsste, dass ich mich mit dir verabredet habe …", meinte Tanja und bemerkte, wie sich Hellmers Miene verdüsterte. „Entschuldige, Manfred", fügte sie schnell hinzu.

„Schon gut, Tanja." Hellmer bog nach rechts in die Südanlage ein. „Das Kapitel Uni-Klinikum in Marburg liegt hinter mir. Die ersten Tage war ich noch wütend und enttäuscht. Aber inzwischen habe ich mich damit abgefunden. Und wie du siehst, ergeben sich neue Perspektiven. Nach Lollar sind es zwar ein paar Kilometer mehr, doch das nehme ich gern in Kauf."

„Ich bin lange nicht mehr hier gewesen", sagte Tanja, während Hellmer in die Bleichstraße abbog. „Hier in der Stadtmitte hat sich einiges getan. Ich sehe viele neue Gebäude und Geschäfte."

„Ganz zu schweigen von den Restaurants und Kneipen." Hellmer tat schwärmerisch. „Du wirst es ja gleich sehen." Er bremste ab und fuhr in eine Parklücke am unteren Ende der Bleichstraße. „Da vorn an der Ampel beginnt die Ludwigstraße. Da gibt es interessante Lokale."

Sie stiegen aus und standen fünf Minuten später vor dem Eingang des indischen Restaurants. Durch die hell erleuchteten Fenster bekam man schnell einen guten Eindruck von der Lokalität: gediegen und gemütlich eingerichtet.

Hellmer öffnete Tanja die Tür. „Es wird dir gefallen." Er

ging zu einem Tisch und rückte für sie den Stuhl zurecht. Sie freute sich über diese Geste. Erst dann nahm er selbst Platz. Die beiden führten ein zwangloses Gespräch, studierten die reichhaltige Speisekarte und trafen ihre Auswahl.

„Du warst schon mal hier, oder?", erkundigte sich Tanja, als sie bemerkte, dass die Bedienung Hellmer mit einer gewissen Vertrautheit begrüßt hatte.

„Ich esse gern indisch. Und die drei Inder in Marburg kenne ich mittlerweile auswendig. In letzter Zeit fahre ich öfter hierher. Irgendwie muss man ja die Wochenenden rumkriegen." Er wirkte für einen kurzen Moment nachdenklich. „Deshalb bin ich froh, dass du heute Abend mit dabei bist, Tanja. Zu zweit kann man einen schönen Abend viel besser genießen."

Sie lächelte. „Du hättest mich schon viel früher fragen dürfen."

„Du weißt, dass ich einige turbulente Wochen hinter mir habe. Und ausgerechnet jetzt kam die Kündigung. Das hat mich wieder zurückgeworfen."

„Wenn du das Bewerbungsgespräch in Lollar nicht gehabt hättest, wären wir wahrscheinlich jetzt nicht hier", meinte sie, während die Bedienung das Essen servierte. „Wenn das Essen so gut schmeckt wie es riecht, dann kann eigentlich nichts mehr schiefgehen, oder?"

Hellmer nickte und schwieg.

„Manfred", sagte Tanja nachdem sie probiert hatte. „Du hast viel durchgemacht, und mir tut es sehr leid, dass man dir gekündigt hat."

„Schwamm drüber." Hellmer trank einen Schluck Mineralwasser. „Leider hat mich das alles zu sehr emotional aufgebracht. Ich bin eben so. Wenn mir etwas gegen den Strich geht und ich mich ungerecht behandelt fühle, dann sage ich meine Meinung. Und in diesem Moment war es mir völlig egal, ob ich das dem ärztlichen Direktor oder einem meiner Kollegen sage. Dieser Doktor Staudenbach hat jedenfalls sein Ziel erreicht. Er wollte mich loswerden, und das ist ihm gelungen."

„Er ist ein arroganter Schnösel, Manfred, menschlich gesehen, ist er eine glatte Niete. Aber das Klinikum steht hinter ihm ..."

„Wie ich ihn kenne, wartet er nur darauf, bis Professor Bernhardt in Pension geht, um sich dann für den Posten des ärztlichen Direktors zu bewerben."

„Alles, nur das nicht!" Tanja stöhnte. „Das wäre ein Grund, mich nach einer anderen Stelle umzusehen. Mit Doktor Staudenbach käme ich nie klar. Der lässt keine andere Meinung gelten und sieht nur sich. Doch das ist nicht das einzige Problem im Moment. Du weißt vermutlich noch nicht, was mit unserem Pförtner Herrn Bodenbender passiert ist, oder?"

„Was denn?"

„Vor zwei Tagen, ein Herzanfall. Gerade als er seinen Dienst angetreten hatte."

„Schrecklich. Wie geht es ihm?"

„Nicht gut. Er liegt immer noch auf der Intensivstation und wird künstlich beatmet. Es heißt, dass er sich vermutlich niemals wieder erholen wird. Das hat er nun davon. Seine Frau ist vor fünf Jahren gestorben, seitdem hat er nur gearbeitet. Die Klinik war sein Ein und Alles. Und jetzt ..."

„Furchtbar. So kurz vor der Rente."

„Inzwischen sitzt ein neuer Kollege dort."

„So schnell ist man vergessen", sinnierte Hellmer. „Redet man denn auch noch über mich oder haben mich die Kollegen schon abgehakt?"

„Manfred, ich will ehrlich sein", meinte Tanja. „Du weißt sicher selbst, dass du nicht unbedingt der beliebteste Kollege warst. Ich musste mir schon des Öfteren dumme Sprüche gefallen lassen, weil ich mit dir spreche."

Hellmers Augen funkelten kurz auf. „Wer war das denn?"

„Das spielt doch keine Rolle mehr, Manfred. Konzentrier dich auf deinen neuen Job in Lollar. Das ist besser so."

„Ich würde es ja gern, aber das Warten kann manchmal furchtbar lange dauern, Tanja."

„Das wird schon werden, Manfred. Hauptsache, du lässt dich nicht hängen, auch wenn du Probleme hast. Vielleicht hilft es ja, wenn du einfach mal darüber redest. Ich höre dir gerne zu."

„Wenn man Geldprobleme hat, ist das immer eine unangenehme Sache. Dieses Inkassounternehmen war sehr direkt. Wenn sie noch einmal zu mir kommen müssen, dann gäbe es Ärger, hieß es. Das ist doch deutlich genug, oder?"

„Wie hoch ist deine Restschuld?"

„Knapp siebenhundert Euro", log Hellmer. „Es ist nur ein kurzfristiger Engpass."

„Warst du tatsächlich nur deswegen so wütend am Telefon?", hakte Tanja nach und schien zu bemerken, dass es kurz in Hellmers Augen aufblitzte. „So aufgebracht habe ich dich selten erlebt."

„Was hast du denn gehört?", fragte Hellmer barscher als beabsichtigt. „Sag es mir bitte!"

„Ich glaube, es ist besser, wenn wir jetzt zahlen und du mich zu meinem Auto zurückbringst, Manfred." Tanja strich sich eine widerspenstige Haarsträhne aus der Stirn. „Sonst endet dieser Abend in einem Streit ... und das will ich nicht. Ich wollte nur nett sein und dir meine Hilfe anbieten. Mehr nicht."

„Ich habe das nicht so gemeint, Tanja." Er griff nach ihrer Hand. „Du weißt doch selbst, dass es um meine Nerven nicht gut bestellt ist. Das hat wirklich nichts mit dir zu tun. Mir passt es nur nicht, dass du mir seltsame Fragen stellst. Das hört sich fast so an, als hätte ich etwas verbrochen."

„Du solltest deine Nerven besser unter Kontrolle halten, Manfred. Jähzorn war schon immer ein schlechter Ratgeber."

*

„Hast du jemandem gesagt, dass wir uns heute Abend treffen?", erkundigte sich Hellmer beiläufig, nachdem er den Wagen gestartet hatte und aus der Parklücke fuhr. Als er ihre misstrauische Miene sah, fügte er noch hinzu: „Ich will nur nicht, dass die anderen hinter deinem Rücken über uns reden. Ich weiß, dass ich manchmal ein ganz schöner Sturkopf sein kann, daher freue ich mich umso mehr, dass du heute Abend Zeit für mich hast, Tanja. Ich fürchte, ich muss mich erst langsam wieder daran gewöhnen, eine Verabredung zu haben."

„Ich habe nicht darüber gesprochen", antwortete Tanja zu seiner großen Erleichterung. „Mein Privatleben ist ausschließlich meine Sache. Das geht niemanden etwas an."

„Eine vernünftige Einstellung." Hellmer wendete seinen Wagen am Ende der Bleichstraße und fuhr zurück in Richtung Frankfurter Straße. Dort bog er allerdings nicht nach rechts in die Liebigstraße ein, sondern folgte weiter der Frankfurter Straße stadtauswärts.

„Wohin fährst du denn?", fragte Tanja, als Hellmer das Zentrum von Gießen verließ.

„Vielleicht sollten wir noch irgendwo eine Kleinigkeit trinken." Er sagte es mit einer gezwungenen Leichtigkeit, doch längst war sein verhängnisvoller Plan weiter gereift.

„Und wo soll das sein?", fragte Tanja, der man ihre Unsicherheit ansehen konnte.

Für Hellmer war das ein Zeichen, rasch einzulenken. Nervosität konnte er jetzt nicht gebrauchen. „Kennst du das Steakhouse *Matedo*?", fragte er. Tanja schüttelte nur stumm den Kopf. „Da gibt es auch eine Cocktailbar. Wir nehmen dort noch einen Drink und dann bringe ich dich zu deinem Wagen zurück. So viel Zeit wirst du doch noch haben?"

Tanja gab ihm nur mit einem kurzen Nicken zu verstehen, dass sie einverstanden war. Am Ende der Stadt mündete die Frankfurter Straße in einen Kreisel, der den Zubringer zur B 49 in Richtung Wetzlar und zur A 485 in Richtung Marburg und Butzbach bildete. Hellmer fuhr weiter in den Stadtteil Klein-Linden und folgte der Straße bis zum Ortsende.

„Wir sind gleich da." In ihm rasten die Gedanken Achterbahn. Zuerst war es nur eine vage Überlegung gewesen. Aber je länger er darüber nachdachte, umso mehr kam er zu der Überzeugung, dass ihm kein anderer Weg mehr blieb.

Am Ende von Klein-Linden erstreckte sich zu beiden Seiten der Straße, die nach Großen-Linden führte, ein kleines Waldgebiet. Als Hellmer die letzten Häuser des Stadtteils hinter sich gebracht hatte, bog er unvermittelt nach links in einen Waldweg ein.

„Was tust du da, Manfred?", rief Tanja erschrocken.

Hellmer wischte sich mit seiner linken Hand über die Stirn. „Mir ist schlecht. Ich glaube, ich muss mich übergeben." Er begann zu husten. Knapp fünfzig Meter weiter brachte er den Wagen zum Stehen. Hastig riss er die Tür auf, stieg aus und stolperte ins Unterholz, während Tanja verwirrt im Wagen wartete. Die Lichter des Gießener Stadtteils lagen ein gutes Stück entfernt.

„Manfred?", rief sie, als sie ihn auf einmal nicht mehr sehen konnte. „Wo bist du?"

Hellmer näherte sich Tanja unbemerkt von der anderen Seite. Sie starrte noch immer auf die Stelle, an der er Sekunden zuvor im Gebüsch verschwunden war. Doch nun befand er sich seitlich hinter der Beifahrertür. In gebückter Haltung, sodass Tanja ihn erst sehen konnte, falls sie die Tür öffnete.

Ich muss es einfach tun! Es ist die einzige Lösung. Tanja wird später alles zerstören und das muss ich verhindern. Sobald die Polizei die Nachricht von der Entführung an die Presse gibt, wird ihr alles klar. Das pinke Handy reicht aus ...

Hellmer griff nach den Handschuhen in seiner Jackentasche. Er hatte die Realität längst verlassen und nur noch *ein* Ziel. Und dieses Ziel hieß: *Hundertfünfzigtausend Euro!* Damit konnte er all seine Probleme lösen. Und diesen Weg musste er unbeirrbar weitergehen! Seine rechte Hand schloss sich um den Griff der Beifahrertür, ruckartig riss er sie auf. Tanja erstarrte vor Schreck. Die Sekunden des Entsetzens nutzte Hellmer und packte zu. Mit dem rechten Arm packte er die Frau und zog sie gewaltsam aus dem Wagen. Die andere Hand presste er ihr auf den Mund. „Ruhe!", warnte er Tanja in einem knurrenden Tonfall. „Du musst verstehen!" Er keuchte wie ein Tier, während er seine ehemalige Kollegin von der Straße in das Dickicht zerrte. Sie wehrte sich heftig und versuchte sich seinem Zugriff zu entziehen. Hellmer kniete auf ihr, hielt nach wie vor eine Hand fest auf ihren Mund gepresst, mit der anderen verpasste er ihr einen Schlag gegen die Schläfe. Tanjas Körper erschlaffte. Hellmers Hände legten sich um ihren Hals und drückten unerbittlich zu.

„Es ... es tut mir leid, Tanja!" Er verstärkte weiter den Druck. „Ich kann nicht anders." Speichel rann aus seinem linken Mundwinkel, während er ihr weiter die Luft abschnürte. Die junge Frau begann unter ihm zu zucken. Hellmer ließ erst von ihr ab, als er spürte, dass sie sich nicht mehr bewegte. Er beugte sich tiefer und drückte sein Ohr an ihren Mund. Tanja atmete nicht mehr. Er legte seine Hand auf die Stelle ihrer Brust, wo sich das Herz befand. Es schlug nicht mehr!

Ihm wurde übel. Er schluckte ein paar Mal, bis der Würgereiz nachließ. Schweißgebadet richtete er sich auf und stolperte zurück zu seinem Wagen, der immer noch mit laufendem Motor und Standlicht auf dem Waldweg stand. Er blickte nicht mehr zurück, als er sich hinters Steuer setzte und den Rückwärtsgang einlegte. Seine Hände zitterten so stark, dass er das Lenkrad kaum im Griff hatte. Das änderte sich erst, als er zurück auf die Landstraße fuhr und beschleunigte.

Knapp zweihundert Meter entfernt befand sich das Gewerbegebiet Linden, das auch eine Zufahrt zur A 485 in Richtung Butzbach und Marburg hatte. Letztere Auffahrt wählte Hellmer, um so rasch wie möglich von hier wegzukommen. Sein Herz raste wie verrückt, er konnte kaum einen klaren Gedanken fassen. Ruhiger wurde er erst, als er die Abfahrt Staufenberg erkannte. Da erst konnte er seine Gedanken ordnen. Schlagartig wurde ihm bewusst, was er gerade eben getan hatte.

Auf dem Beifahrersitz lag noch Tanjas Handtasche. Er verließ die B 3 an der Abfahrt Staufenberg und fuhr in Richtung Odenhausen. Als er die Eisenbahnunterführung passierte und sich der Lahnbrücke näherte, hielt er kurz an. Nachdem er sich mit einem Blick in den Rückspiegel vergewissert hatte, dass kein zweites Auto in der Nähe war, griff er nach Tanjas Tasche und inspizierte den Inhalt. Schminksachen, ein kleines Parfümfläschchen und zahllose typisch weibliche Utensilien. Langsam fuhr er weiter und erreichte schließlich die alte Lahnbrücke. An dieser Stelle konnte immer nur ein Fahrzeug die schmale Brücke passieren. Hellmer öffnete sein Fenster und warf die Handtasche über die Brückenmauer. Er konnte sich jedoch nicht mehr vergewissern, ob die Tasche auch wirklich in der Lahn gelandet war, denn ausgerechnet in diesen entscheidenden Sekunden näherte sich von der anderen Seite ein Wagen, der notgedrungen anhalten und warten musste, bis Hellmers Peugeot die Brücke passiert hatte. Hellmer fuhr ohne zu zögern weiter, um nicht aufzufallen. Er passierte Odenhausen und folgte der Landesstraße in Richtung Fronhausen. Die drei Kilometer bis zur nächsten Gemeinde führten über eine kurvige und einsame Straße. Er gab Gas und ließ Oberwalgern links liegen. Hundert Meter weiter bog er rechts nach Holzhausen ab. Es war ein kleiner Umweg, bis er schließlich wieder die Straße nach Fronhausen erreichte und von dort aus die Auffahrt zur B 3 in Richtung Marburg nahm. Er dachte noch ein letztes Mal an Tanjas verzerrtes Gesicht. Sie hatte nicht begriffen, warum sie sterben musste.

*

Nadines schreckliche Angst vor der allgegenwärtigen Dunkelheit hatte sich in Apathie verwandelt, die sie bestimmte Dinge nur noch ganz eingeschränkt wahrnehmen ließ. Einzig und allein der Platz, auf dem sie ausharren musste, vermittelte ihr ein Gefühl von lächerlicher Sicherheit. Wie lange noch, das wusste sie nicht. Genauso wenig wie die Tatsache, dass ihr Entführer in der Zwischenzeit wahrscheinlich weitere Pläne geschmiedet und letztendlich auch eine Entscheidung getroffen hatte, was aus ihr werden würde. Er war gestern am späten Nachmittag noch einmal hier gewesen, hatte ihre Fesseln gelöst und in einer Mischung aus Verachtung und Kaltblütigkeit zugesehen, wie sie sich erleichtert hatte. Doch dieses Mal unternahm sie nichts mehr. Jeglicher Gedanke an Flucht oder Gegenwehr war erloschen. Es kümmerte sie nicht mehr, dass er ihr dabei zusah, wie sie auf dem Eimer hockte. Irgendetwas war in den letzten Stunden in ihr zerbrochen.

Sie atmete flach, weil der Geruch in der Enge des Abstellraumes kaum noch zu ertragen war. Auch der helle Schimmer, der durch den schmalen Spalt unterhalb der Tür fiel und den neuen Tag ankündigte, schien ihr keine Hoffnung mehr zu geben. Ihr Zuhause, ihre Eltern und die gewohnte Umgebung, all dies schien unendlich weit entfernt zu sein und war mittlerweile so unwirklich, dass sie sich schon im Stillen gefragt hatte, ob nicht vielmehr die Enge dieses Raumes die ständige Realität war und alles andere nur ein schöner Traum.

Auf der anderen Seite der Tür hörte sie plötzlich Schritte und zuckte zusammen. Instinktiv kroch sie zur Wand. Sie schloss die Augen, als das Licht anging und ihr Entführer den Abstellraum betrat. In der rechten Hand hielt er wieder sein Messer und richtete die Klinge gegen sie.

„Zurück nach hinten", sagte er mit kalter Stimme. „Beeil dich!"

Nadine tat sofort, was er gesagt hatte. Jeglicher Gedanke an Widerstand war erloschen. Sie wollte einfach nur noch leben und keine Gewalt mehr erfahren. Sie setzte sich in die Ecke und sah zu, wie er nach dem Eimer griff. Dabei ließ er sie keine Sekunde aus den Augen. Sein Blick war mitleidlos. Er nahm den Eimer, ging rückwärts zur Tür und verriegelte sie wieder. Wenige Augenblicke später drehte sich der Schlüssel abermals im Schloss. Er kam wieder herein, der Eimer war leer und notdürftig gereinigt. Er stellte ihn ab, während er auf die Plastiktüte schaute, die er ihr gestern mitgebracht hatte. "Hast du noch genug zu essen?"

Nadine zögerte.

"Ich habe dich was gefragt!", fuhr er sie wütend an. "Antworte gefälligst!"

"Ja. Ich habe nur … Durst. Das Wasser reicht nicht mehr lange."

"Das bekommst du noch. Geh sparsam damit um … das hier ist kein All-inklusive-Urlaub."

"Was geschieht jetzt mit mir?", fragte Nadine. "Wie geht es weiter?"

"Das werden wir sehen!", erwiderte er barsch. Dann verließ er sie wieder, so unvermittelt wie er gekommen war. Die Tür fiel zu, der Schlüssel wurde herumgedreht, das Licht erlosch.

Für Nadine war die Dunkelheit mittlerweile vertraut. Es vergingen einige Minuten, bis sie sich schließlich wieder auf der Matratze ausstreckte und versuchte, ihre Gedanken zu ordnen.

*

Hellmer nahm das pinkfarbene Handy und schaltete es ein. Inzwischen hatte er einige Kilometer zwischen sich und Nadines derzeitigen Aufenthaltsort gebracht. Knapp fünfzehn Minuten, nachdem er das Firmengelände verlassen hatte, stoppte er seinen Wagen an der Landstraße zwischen Roßdorf und der Stadt Amöneburg und wählte die Nummer von Nadines Eltern. Er wusste, dass ihm nicht viel Zeit blieb, um diesen Anruf zu tätigen. Und dieser Anruf sollte der letzte sein. Er hörte, wie sich Frau Hagedorn meldete. Ihre Stimme klang müde und unsicher.

„Wo ist Ihr Mann?", fragte Hellmer. „Hat er das Geld?"

„Er ist in seinem Büro", antwortete die Frau stockend. „Er kümmert sich um alles. Wie geht es meiner Tochter? Bitte ... Sie dürfen nicht ..."

„Hundertfünfzigtausend Euro! Ihr Mann hat heute und morgen Zeit, um das Geld zu organisieren. Kleine Scheine in einer Sporttasche. Das Geld bringen Sie zum Spiegelslustturm, und zwar zur Aussichtsterrasse. Dort werfen Sie die Tasche den Abhang hinunter. Genau um zwanzig Uhr. Nicht früher und nicht später. Wenn die Polizei in der Nähe ist, wird Ihre Tochter sterben."

„Mein Gott, warum tun Sie das nur? Wir haben Ihnen doch nichts getan!"

„Es bleibt dabei, was ich gesagt habe. Morgen Abend zwanzig Uhr. Terrasse Spiegelslustturm. Wenn Sie meine Anweisungen befolgen, werden Sie am nächsten Tag Ihre Tochter wiedersehen."

Nadines Mutter wollte noch etwas sagen, doch er schaltete das Handy aus, startete den Wagen und fuhr weiter in Richtung Kirchhain. Am Ortseingang bog er nach links ab und hielt vor einigen Glascontainern an. Er stieg mit einer Plastiktüte voller leerer Flaschen aus, die er speziell für diesen Zweck von zu Hause mitgenommen hatte. Das pinkfarbene Handy steckte mitten drin, die SIM-Karte hatte er entfernt. Ein zufälliger Beobachter sah jetzt einen Mann, der mit einer Plastiktüte zu den Altglascontainern ging und dort die leeren Flaschen hinein warf. Nichts Ungewöhnliches an diesem Montagmorgen. Die leere Tüte zusammenknüllend ging Hellmer zurück zu seinem Wagen, setzte sich ans Steuer und fuhr los. Zwei Kilometer weiter, kurz vor der Abfahrt Großseelheim, parkte er wieder am Straßenrand, nachdem er sich zuvor davon überzeugt hatte, dass kein weiteres Auto zu sehen war. Er öffnete das rechte Seitenfenster und warf die SIM-Karte hinaus. Sie landete jenseits des Straßengrabens auf einer kleinen Wiese. Dann setzte er seinen Weg in Richtung Marburg fort. Alles was er jetzt noch tun musste, war bis morgen Abend abzuwarten. Und spätestens gegen zwanzig Uhr sollten seine finanziellen Probleme der Vergangenheit angehören. Dass er dafür noch einen zweiten Mord begehen musste, war ihm gleichgültg.

*

Der Lidl-Markt am Ende der Marburger Straße hatte bereits geöffnet, als Hellmer auf den Parkplatz fuhr. Er wollte noch einige Einkäufe tätigen, bevor er nach Hause kam. Mit dem Einkaufswagen eilte er durch die Regale, wählte einige Lebensmittel aus und begab sich dann zur Kasse. Ausgerechnet in diesem Moment begegnete ihm seine Nachbarin, Frau Balzer. Sie hatte sich schon in die Schlange der Wartenden eingereiht.

„Herr Hellmer, haben Sie mich denn ganz vergessen?", richtete sie in vorwurfsvollem Ton das Wort an ihn. „Sie wollten mir doch bei einigen Dingen helfen."

„Frau Balzer, das tut mir jetzt leid", erwiderte Hellmer schnell. „In der ganzen Hektik habe ich das wirklich vergessen, aber wenn Sie wollen, dann komme ich nachher direkt bei Ihnen vorbei."

„Das wäre nett." Seine Nachbarin wirkte bereits friedlicher. „Übrigens hat gestern jemand nach Ihnen gefragt. Ein Mann in Ihrem Alter. Er hat bei Ihnen geklingelt. Ich habe ihm gesagt, dass Sie nicht zu Hause sind. Er meinte, er würde noch mal wiederkommen."

„Wenn es wirklich so wichtig ist, dann wird er das sicher tun", sagte Hellmer und war erleichtert, als Frau Balzer ihr Gespräch mit ihm nicht mehr fortsetzen konnte, da ihre Waren gescannt wurden.

„Bis nachher dann", sagte sie.

Hellmer grübelte bereits, wer dieser Mann war, der ihn am späten Sonntagnachmittag hatte aufsuchen wollen. Nachdem er seinen Einkauf bezahlt hatte, verließ er den Supermarkt und ging zurück zu seinem Wagen. Frau Balzer war nicht mehr zu sehen. Sie hatte sich wohl von Bekannten hierher fahren lassen, denn sie besaß keinen Führerschein. Hellmers Gedanken kreisten indessen weiter um den unbekannten Besucher. Und je länger er darüber nachdachte, umso weniger fand er eine Antwort, die ihn beruhigte. Er folgte der Marburger Straße durch den Ortskern, bis sie sich am oberen Ende verengte und dann abfiel. Kurz danach bog er links in die Goldbergstraße ein. Beinahe hätte er vor Schreck eine Vollbremsung gemacht, als er vor seiner Haustür einen Mann stehen sah.

Ganz ruhig bleiben! Du darfst jetzt keinen Fehler machen. Du kommst gerade von einem Einkauf zurück. Da ist nichts Ungewöhnliches dran.

Als er den Blinker setzte und auf seinem Grundstück in die Garage fuhr, bemerkte er die prüfenden Blicke des Mannes der gerade ein Handy in seine Jackentasche steckte. Offensichtlich hatte er telefoniert. Hellmer nahm die Tüte mit den Lebensmitteln und stieg aus.

„Herr Hellmer?", fragte ihn der Mann während er sich der Garage näherte.

„Ja." Hellmer erwiderte den Blick des anderen gelassen.

„Hauptkommissar Westermayer .Kann ich Sie bitte kurz sprechen?" Der Mann zeigte seinen Dienstausweis.

„Polizei? Was wollen Sie von mir?"

„Es geht um eine Routineangelegenheit. Ich möchte Ihnen nur ein paar Fragen stellen."

„Natürlich." Hellmer gelang ein freundliches Lächeln. Er schloss die Haustür auf und bat den Hauptkommissar einzutreten. Währenddessen hatte er sich Antworten zurecht gelegt. Er wusste zwar nicht, wie die Polizei dazu kam, ausgerechnet ihn aufzusuchen, doch die Anwesenheit eines Hauptkommissars bedeutete höchste Alarmstufe. Er musste jetzt weiter den harmlosen Zeitgenossen spielen. „Setzen Sie sich doch bitte. Das Wohnzimmer ist geradeaus. Ich will nur noch rasch die Lebensmittel im Kühlschrank verstauen, dann bin ich gleich bei Ihnen."

Westermayer nickte und betrat den Wohnraum. Durch die geöffnete Tür sah Hellmer, wie der Hauptkommissar in einem der Sessel Platz nahm. Hellmer ging in die Küche, leerte die Tüte und deponierte den kompletten Inhalt im Kühlschrank. Ihm gefiel es nicht, dass ein Polizeibeamter in seinem Wohnzimmer saß. Wurde gegen ihn denn schon ermittelt? *Cool bleiben!*

„Um was geht es denn, Herr Westermayer?", fragte Hellmer den Hauptkommissar, nachdem er ins Wohnzimmer gekommen war und ebenfalls Platz genommen hatte.

„Kennen Sie Horst Hagedorn?"

Hellmer hatte sich im Griff. „Flüchtig. Wir sind beide Mitglied im TSV Cappel. Was ist mit ihm?"

Statt einer Antwort, kam die zweite Frage. „Herr Hagedorn sagte, Sie wären kürzlich wegen eines Kreditantrages in der Sparkasse gewesen. Als dieser Antrag abgewiesen wurde, sollen Sie sehr auffällig reagiert haben."

„Jetzt erzählen Sie mir nicht, dass er mich deswegen angezeigt hat!"

„Gibt es einen Grund für Ihr Verhalten, Herr Hellmer?"

„Ich habe einige berufliche und private Probleme, Herr Westermayer." Hellmer wagte die Flucht nach vorn. Sollte Hagedorn der Polizei gegenüber wirklich seinen Namen als möglichen Verdächtigen genannt haben? Und vermutlich hatte die Polizei schon erste Nachforschungen über seine privaten Verhältnisse angestellt, deshalb war es wichtig, dass er alles offen zugab. „Meine Mutter ist vor gut vier Wochen verstorben, und kurz darauf gab es hier im Haus einen Wasserschaden. Ein heftiges Unwetter. Sie erinnern sich vielleicht? Mein Heizungskeller lief mit Wasser voll. Bei Hagedorn bin ich wegen einer Aufstockung des Kredits gewesen."

„Und der hat Ihren Wunsch abgelehnt?"

Hellmer nickte. „Stimmt. Denn außerdem habe ich noch meine Stelle als Krankenpfleger in der Uniklinik verloren. Man hat mir aus betriebsinternen Gründen gekündigt. Es war für mich wirklich kein angenehmer Moment, den Bittsteller zu spielen."

„Sie sollen sich sehr darüber echauffiert haben", fuhr Westermayer fort. „Herr Hagedorn hatte den Eindruck, dass Sie sich nicht mehr unter Kontrolle hatten."

„Unsinn, wir sind doch alle nur Menschen." Hellmer seufzte tief. „Es ist kein angenehmes Gefühl, zuerst den Job zu verlieren und dann dringend benötigte Reparaturen am Haus nicht ausführen zu können. Wenn der Winter kommt, kriege ich hier ernsthafte Probleme. Und ich bin darauf angewiesen, möglichst rasch wieder eine neue Stelle zu finden. Versetzen Sie sich doch mal in meine Lage. Sie wollen mir doch nicht ernsthaft sagen, dass Herr Hagedorn das als Anlass genommen hat, die Polizei zu rufen. Außerdem ist mein Besuch schon fast vier Wochen her und ..."

„Darum geht es nicht, Herr Hellmer", unterbrach ihn Westermayer. „Hagedorns Tochter Nadine ist seit zwei Tagen verschwunden. Auch wenn Ihnen das unangenehm ist, so muss ich Sie dennoch fragen, wo Sie am Samstagmorgen zwischen acht und zehn Uhr waren."

„Nicht zu Hause." Die Antwort kam prompt. „Ich war auf dem Weg nach Gießen. Ich wollte mir einen neuen Anzug kaufen ... für Bewerbungsgespräche braucht man gute Kleidung."

„Und in Marburg findet man das nicht?"

„In Gießen ist die Auswahl größer, alles ist auf eine Einkaufsstraße konzentriert", erklärte Hellmer. „Ich habe jedoch niemand, der das bezeugen kann. Das müssten Sie mir einfach so glauben."

„Haben Sie dort etwas Passendes gefunden?"

„Leider nicht." Hellmer schüttelte den Kopf. „Ich habe eine ungewöhnliche Zwischengröße. Da ist die Auswahl eingeschränkt, und in den niedrigen Preisklassen besonders. Ich habe jedenfalls nicht das Geld, um dreihundert Euro für einen Anzug auszugeben ..."

„Kennen Sie Nadine Hagedorn?"

„Nein ... das heißt ... nur vom Sehen. Was soll das alles, Herr Westermayer? Wollen Sie mir gerade unterstellen, dass ich daran schuld bin, dass Hagedorns Tochter verschwunden ist? Ich muss doch sehr bitten. Jemand, der arbeitslos ist und finanzielle Probleme hat, der wird natürlich gleich verdächtigt. Traurig ist das." Er trug alles mit solcher Überzeugung vor, dass sich Westermayers kritischer Blick wieder besänftigte.

„Ich will Ihnen nicht zu nahe treten, Herr Hellmer." Westermayer erhob sich. „Das war auch schon alles. Sollte ich noch Fragen haben, werde ich mich wieder bei Ihnen melden."

„Jederzeit, Herr Westermayer!" Hellmer stand ebenfalls auf. „Aber, es soll ja öfters vorkommen, dass junge Mädchen von zu Hause abhauen, weil sie Ärger mit ihren Eltern haben. Vielleicht sollte ich das in solch einer Situation nicht sagen, aber wenn Sie Horst Hagedorn kennengelernt haben, dann dürften Sie wissen, wie arrogant und herablassend er manchmal sein kann."

Westermayer enthielt sich eines Kommentars, verabschiedete sich und verließ das Haus. Hellmer beobachtete ihn durchs Fenster, wie er zu seinem Auto ging.

*

„Nun beruhigen Sie sich doch bitte, Herr Struck", redete der Polizeibeamte am Schalter auf den älteren grauhaarigen Mann ein. „Es ist doch nicht ungewöhnlich, dass eine junge Frau ein paar Tage mal nicht nach Hause kommt."

„Ich glaube, Sie haben mich nicht verstanden." Der Mann besaß eine resolute Stimme. „Meine Tochter wohnt nicht mehr bei mir in meinem Haus in Gladenbach. Trotzdem mache ich mir große Sorgen und bin deshalb hier. Seit gestern Abend versuche ich sie vergeblich zu erreichen. Ich bin bei ihr vorbeigefahren, um nach dem Rechten zu sehen. Ihr Auto steht nicht im Carport. Im Uni-Klinikum habe ich auch schon angerufen. Sie ist heute Morgen nicht zur Arbeit erschienen. Was muss ich denn eigentlich noch tun, um Ihnen klarzumachen, dass meine Sorgen berechtigt sind? Ich möchte eine Vermisstenanzeige aufgeben … und zwar sofort. Und ich erwarte von Ihnen, dass Sie nach meiner Tochter suchen. Haben Sie mich verstanden?"

„Nehmen Sie bitte Platz, Herr Struck", schlug der Beamte vor. „Natürlich können wir die Vermisstenanzeige aufnehmen. „Zunächst brauchen wir die Personalien der vermissten Person. Name, Alter, derzeitiger Wohnort?"

Der Mann nannte präzise die geforderten Daten.

„Haben Sie ein Foto dabei?"

„Natürlich ... hier ist es." Herr Struck holte ein Bild aus der Brieftasche. „Meine Tochter fährt einen weißen Golf mit dem Kennzeichen *MR-TS 901*."

Der Beamte tippte die Daten in seinen Computer und zeigte mit seinem Gesicht, was er von solchen *Vermisstenanzeigen* hielt. Doch dann stutzte er und verglich die Angaben mit einem Fax, das auf seinem Schreibtisch lag.

„Was ... was ist denn?", fragte der ungeduldige Vater. „Stimmt etwas nicht?"

„Moment bitte. Ich muss kurz etwas überprüfen. Warten Sie ... ich bin gleich wieder bei Ihnen." Der Polizist nahm das Fax und verließ sein Schalterbüro. Auf dem Gang begegnete ihm Hauptkommissar Westermayer. „Haben Sie einen Moment Zeit?", fragte der Beamte.

Westermayer nickte. „Was gibt's denn?"

„Eine junge Frau, die im Uni-Klinikum arbeitet, ist verschwunden. Dazu gibt es eine Besonderheit."

„Der Name?"

„Tanja Struck. Sie arbeitet als Sekretärin im Klinikum. Ihr Vater hat sie gerade als vermisst gemeldet. Ihr Auto wurde in Gießen mit eingeschlagener Scheibe gemeldet. Das Kennzeichen ist identisch."

„Okay. Bringen Sie den Mann kurz in mein Büro."

Als Westermayer sein Büro betrat, sah ihn Kollege Stuhr

erwartungsvoll an. „Ich hatte übrigens ein Gespräch mit einem Mann, den mir Horst Hagedorn als möglichen Verdächtigen genannt hat", sagte der Hauptkommissar, während Stuhr seinen Computer hochfuhr. „Außerdem kriegen wir gleich Besuch in anderer Sache."

Der Wachleiter betrat mit Herrn Struck das Büro. „Das ist Hauptkommissar Westermayer", sagte der Beamte. „Besprechen Sie bitte alles Weitere mit ihm."

„Nehmen Sie Platz, Herr Struck." Westermayer wies dem Mann freundlich einen Stuhl zu, dann zeigte er auf Stuhr. „Das ist der Kollege Stuhr. Ihre Tochter wird vermisst?"

In kurzen Sätzen erzählte der Vater von Tanja Struck noch einmal seine Geschichte und zeigte erneut das Foto seiner Tochter. Westermayer und Stuhr hörten schweigend zu. Unterbrochen wurden sie, als das Telefon auf Stuhrs Schreibtisch klingelte. Dieser meldete sich, kurz darauf fiel seine Miene zusammen. Westermayer wollte jedoch Tanjas Vater nicht unterbrechen.

„Tanja wohnt schon seit einigen Jahren nicht mehr zu Hause, doch ich habe immer ein besonders herzliches Verhältnis zu ihr gehabt", erklärte Struck gerade. „Sie war auch alt genug, um sich ihr eigenes Leben aufzubauen. Aber ich war immer für sie da und sie hat mir auch alles erzählt."

„Hat sie einen Freund?"

„Nein. Letztes Jahr gab es mal eine kurze Beziehung. Seitdem nichts mehr. Sie hätte es mir gesagt."

„Seit wann ist sie verschwunden?"

„Ich kann nur vermuten, dass es seit gestern ist", erklärte ihr Vater. „Zumindest habe ich sie seitdem nicht mehr erreicht. Sie muss irgendwohin gefahren und dort geblieben sein, was sehr ungewöhnlich für sie ist."

Stuhr räusperte sich und gab dem Hauptkommissar einen unauffälligen Wink.

„Einen Augenblick bitte, Herr Struck." Westermayer erhob sich von seinem Schreibtisch, ging hinüber zu Stuhr und blickte auf dessen Computerbildschirm. Dort war eine E-Mail der Polizeidirektion Gießen eingetroffen, die nicht nur nach Marburg, sondern auch an alle anderen Polizeidienststellen im weiteren Umkreis gesendet worden war. Sie betraf eine unbekannte Tote, die in einem Wald in der Nähe der A 485 aufgefunden worden war. Westermayer öffnete den Anhang, ein Foto erschien. Der Hauptkommissar schluckte. Die gezeigte Person hatte er eben erst gesehen. Es war Tanja Struck!

Gütiger Himmel, dachte Westermayer. Neben ihm kaute Stuhr auf seinen Lippen.

„Kollege Stein hat angerufen", sagte er so leise, dass nur Westermayer ihn hören konnte. „Es gab ein zweites Telefonat. Das Lösegeld. Morgen Abend zwanzig Uhr am Spiegelslustturm."

„Wir reden nachher darüber. Halten Sie mit Stein Verbindung ... unternehmen Sie nichts, bis ich wieder zurück bin. Ich denke, gegen Mittag."

„Was ... was ist denn ...?" Herr Struck war merklich nervös geworden. „Können Sie mir ..."

„Herr Struck, ich befürchte, wir haben keine guten Nachrichten für Sie", sagte Westermayer gequält und ging zurück zu seinem Schreibtisch. „Aus Gießen wurde gemeldet, dass man einen Wagen mit dem Kennzeichen *MR-TS 901* sichergestellt hat. Er stand auf einem gebührenpflichtigen Parkplatz und wurde aufgebrochen."

„Das ist Tanjas Wagen! Ist meiner Tochter ... ist ihr etwas zugestoßen?"

„Herr Struck. Bitte bleiben Sie ruhig. Es geht noch weiter. Man hat heute Morgen in der Nähe der A 485 eine unbekannte tote Frau gefunden. Die Bilder der Leiche wurden uns gerade übermittelt. Die Tote hat große Ähnlichkeit mit Ihrer Tochter. Es tut mir leid, Ihnen das auf so schonungslose Weise beibringen zu müssen, aber ..."

Der Mann heulte förmlich auf. „Ich will das sehen! Zeigen Sie mir das Bild. Sofort!"

Westermayer gab seinem Kollegen einen kurzen Wink, zur Seite zu rücken, damit Tanjas Vater einen Blick auf den Computer werfen konnte. Sofort ging ein Zittern durch den Körper des Mannes, er musste sich mit beiden Händen an der Kante des Schreibtisches abstützen.

Seine Stimme war kaum zu verstehen. „Das ist Tanja! Wo ... wo ist sie jetzt?"

„In der Rechtsmedizin in Gießen", antwortete Stuhr leise.

„Ich will sie sehen!"

„Sie können mit mir fahren, Herr Struck." Westermayer hielt den schwankenden Mann fest. „Ich muss ohnehin nach Gießen, um mit den Gerichtsmedizinern zu sprechen."

Stuhr informierte bereits die zuständigen Behörden in Gießen. All das schien Tanjas Vater gar nicht wahrzunehmen. Er war förmlich in sich zusammengefallen. Seine Augen glitzerten feucht.

„Ich verspreche Ihnen, dass wir alles Mögliche tun werden, um dieses Verbrechen aufzuklären, Herr Struck." Westermayer wusste, dass seine Worte hohl klingen mussten. „Und Sie können dazu beitragen, indem Sie mir so viel wie möglich über Ihre Tochter erzählen. Je mehr ich weiß, umso klarer wird das Bild. Verstehen Sie?"

„Das werde ich tun ... Bitte lassen Sie uns jetzt fahren."

„Sie werden in der Rechtsmedizin erwartet", sagte Stuhr. „Wenden Sie sich an Doktor Kersten."

Westermayer ging zur Tür. „Schließen Sie sich in der Zwischenzeit mit dem Kollegen Stein kurz", sagte er zu Stuhr. „Und noch keine Info an Hoffmann!"

*

Tanjas Vater starrte aus dem Fenster. „Ich kann es nicht glauben ..."

„Es ist niemals leicht, die grausame Wahrheit zu akzeptieren, Herr Struck", erwiderte Westermayer. „Sie war die Sekretärin vom ärztlichen Direktor, ein großer Vertrauensbeweis."

„Wissen Sie eigentlich etwas mehr über den Umgang Ihrer Tochter mit anderen Kollegen? Hat sie jemals etwas davon erzählt?"

„Schon, aber in meinen Augen nichts Wichtiges. Ich weiß nur, dass sie gerne gearbeitet hat und jederzeit zu Überstunden bereit war. So war Tanja. Wurde sie ermordet? Tanja war beliebt. Ich kann es mir nicht vorstellen, dass jemand ihrer Kollegen das getan hat."

„Ich habe schon in viele menschliche Abgründe geblickt, Herr Struck", erklärte Westermayer. „Es gibt viele Motive für einen Mord. Wir werden hoffentlich bald mehr wissen."

Tanjas Vater verfiel wieder in dumpfes Schweigen. Knapp zehn Minuten später hatte Westermayer die Ausfahrt Gießen-Bergwerkswald zum Uni-Klinikum erreicht. Von hier aus waren es nur noch knapp zwei Kilometer bis zur Frankfurter Straße, dort befand sich die Rechtsmedizin.

„Können Sie sich daran erinnern, dass Tanja einen Namen ihrer Kollegen öfter genannt hat, Herr Struck?", versuchte es Westermayer noch einmal, als er an einer Ampelkreuzung kurz anhalten musste. „Denken Sie nach. Jede Kleinigkeit kann wichtig sein."

„Ich glaube nicht, dass ich etwas weiß, das Ihnen weiterhilft, Herr Westermayer. Ich kann kaum einen klaren Gedanken fassen."

Strucks Hände begannen zu zittern, als die Gebäude der Rechtsmedizin in Sicht kamen und Westermayer den Wagen abbremste, im Hof parkte und ausstieg.

„Einen Moment bitte", sagte Tanjas Vater und holte tief Luft. „Mein Kreislauf. Augenblick ..."

Westermayer wartete geduldig, dann gingen sie weiter. Als sie den Haupteingang erreichten, zückte der Hauptkommissar seinen Dienstausweis und teilte dem Pförtner mit, dass Dr. Kersten vorab telefonisch informiert worden sei.

Der Pförtner nickte. „Nehmen Sie den Fahrstuhl dort hinten. Fahren Sie ein Stockwerk nach unten. Dort werden Sie dann abgeholt."

Westermayer ging mit Tanjas Vater zum Aufzug. Struck war blass, seine Hände zitterten heftiger. Er fürchtete sich vor dem Augenblick, in dem er seine Tochter identifizieren musste. Qualvolle Sekunden vergingen. Der Fahrstuhl hielt, die Tür öffnete sich. Ein hochgewachsener Mann mit Stirnglatze und Brille blickte sie erwartungsvoll an. Er trug den grünen Kittel eines Arztes.

„Ich bin Doktor Kersten", stellte er sich vor. „Wenn Sie mir bitte folgen wollen. Ihr Kollege hat mich ja schon vorab über das Wesentliche informiert. Es ist alles vorbereitet."

Zusammen mit dem Rechtsmediziner betraten sie einen steril wirkenden Raum. Außer einer Bahre, auf der ein zugedeckter Körper lag, befand sich dort nichts. Es roch nach Desinfektionsmitteln und anderen Essenzen. Dr. Kersten trat ans Kopfende der Bahre, hob das Tuch, mit dem die Leiche zugedeckt war und schlug es so weit zurück, dass Kopf und Schultern der Toten sichtbar wurden. Wortlos trat er einige Schritte zurück.

Tanjas Vater ging benommen zum Kopfende der Bahre. „Das ist meine Tochter Tanja", sagte er mit gebrochener Stimme.

„Können Sie mir Details erzählen, wie und wann es genau passiert ist?", fragte Westermayer flüsternd den Rechtsmediziner.

„Die Kollegen haben bereits Kopien der bisherigen Ermittlungen für Sie angefertigt." Dr. Kersten griff nach einem Umschlag, den er bereitgelegt hatte. „Alles, was wir bisher wissen, ist, dass Tanja Struck offensichtlich schon gestern Abend ihr Auto auf dem Parkplatz vor dem *Mathematikum* abgestellt hat. Die Leiche der jungen Frau wurde aber in einem kleinen Wäldchen zwischen Klein-Linden und Großen-Linden gefunden. Also nicht weit von der A 485 entfernt."

„Das ist eine viel befahrene Strecke", sagte Westermayer nachdenklich. „Gibt es Zeugen, die irgendetwas bemerkt haben?"

„Da müssen Sie mit den zuständigen Kollegen sprechen. Ich kann Ihnen nur sagen, dass die Frau am Sonntagabend gestorben ist. Sie wurde erwürgt."

„Erwürgt? Hat der Täter sie vergewaltigt?"

„Nein. Außerdem hatte die Tote keinerlei persönliche Papiere bei sich. Auch keine Handtasche."

„Ein Raubmord?"

Dr. Kersten zuckte mit den Schultern. „Gesichert ist bisher nur, dass der Mord im Wäldchen geschah. Es gibt entsprechende Spuren an ihrer Kleidung."

„Weitere Spuren? Irgendwelche Fingerabdrücke? Hinweise?"

„Nichts." Der Rechtsmediziner schüttelte den Kopf. „Der Mörder hat bei seiner Tat Handschuhe getragen. Offensichtlich war es ein geplanter Mord."

„Und vielleicht haben sich Opfer und Mörder gekannt", mutmaßte Westermayer.

Der Blick von Tanjas Vater war von Trauer und Hilflosigkeit gezeichnet. Er weinte. „Sie ... sie macht einen ganz friedlichen Eindruck. Als wenn sie nur schlafen würde."

Westermayer griff nach seinem Arm und führte ihn behutsam nach draußen.

*

Der Rückweg nach Marburg verlief schweigend.

„Möchten Sie, dass ein Arzt nach Ihnen schaut?", erkundigte sich der Hauptkommissar, als er auf seinem Dienstparkplatz aus dem Wagen stieg. „Der Notdienst ist ganz in der Nähe."

Tanjas Vater schüttelte nur stumm mit dem Kopf, ging zu seinem Wagen und fuhr davon.

Westermayer betrat das Polizeigebäude und stürmte in sein Büro.

„Hoffmann war hier und hat nach Ihnen gefragt", empfing ihn Stuhr. „Ich habe ihm noch nicht gesagt, dass wir den Ort für die Lösegeldübergabe wissen. Wie sollen wir uns denn jetzt verhalten? Wir können doch nicht zusehen, wie ..."

„Das werden wir auch nicht", unterbrach ihn Westermayer und drückte Stuhr einen Zettel in die Hand, auf dem er Hellmers Adresse und Beschreibung notiert hatte. „Dort wohnt Manfred Hellmer. Fahren Sie dorthin, um ihn einige Zeit zu beobachten. Mein Gefühl sagt mir, dass mit diesem Menschen etwas nicht stimmt." Danach berichtete der Hauptkommissar die weiteren Details, die er in Erfahrung bringen konnte. „Wir müssen mehr über diesen Mann erfahren, etwas anderes wie ihn haben wir im Augenblick leider nicht. Wir müssen Hellmers Tagesablauf ermitteln. Sollte er das Haus verlassen, dann fahren Sie ihm nach."

„Jetzt gleich?", fragte Stuhr.

Westermayer nickte. „Natürlich jetzt gleich! Ich werde in der Zwischenzeit ins Uniklinikum fahren, um mehr über die Tote zu erfahren. Ich werde mit ihrem Chef sprechen. Hellmer gehört zu den Verdächtigen, und er hat im Uniklinikum gearbeitet. Er muss die Tote gekannt haben."

Stuhr horchte auf. „Sie denken, dass es eine Verbindung gibt?"

*

Der Hauptkommissar bemerkte die Hektik, als er den Haupteingang des Uni-Klinikums passierte. Im Informationsschalter saß ein schwarzhaariger Mann Mitte dreißig und bemühte sich nach Kräften, den Ansturm an Besuchern und Telefonaten Herr zu werden. Westermayer wedelte mit seinem Dienstausweis. „Ich suche das Sekretariat von Professor Bernhardt."

„Den Gang bis nach hinten und dann rechts durch die Glastür", bekam er zur Antwort. „Wenn Sie an den Skulpturen vorbeikommen, ist es das dritte Büro auf der linken Seite."

Westermayer eilte durch die große Halle, bis er vor der betreffenden Glastür stand. Er klopfte und betrat sofort das

Vorzimmer des Professors, in dem eine junge Frau saß. „Hauptkommissar Westermayer", stellte er sich vor. „Ich möchte den Chef von Frau Struck sprechen."

„Polizei?" Die Frau schreckte auf. „Ist etwas mit Tanja? Sie ist heute Morgen nicht zur Arbeit erschienen, und wir konnten sie bisher nicht erreichen. Was ...?"

„Das würde ich alles gerne mit ihrem Chef klären. Jetzt gleich."

„Augenblick ... ich melde Sie an." Die Frau griff zum Telefon.

Wenig später betrat Westermayer das Büro des ärztlichen Direktors der ihn freundlich begrüßte. „Setzen Sie sich doch bitte, Herr Hauptkommissar. Wie kann ich Ihnen weiterhelfen?"

„Tanja Struck ist Ihre Sekretärin, Herr Professor?", begann Westermayer ohne Umschweife.

„Richtig. Heute fehlt sie unentschuldigt. Inzwischen machen wir uns Sorgen."

„Frau Struck ist ermordet worden!" Westermayer nahm sich nicht die Zeit für eine umständliche Einführung. „Ihre Leiche wurde in einem Wäldchen in der Nähe von Gießen gefunden."

„Nein!", stieß der Professor hervor. „Tanja ... ich meine Frau Struck ... Was ist passiert? Wie ..."

„Ich bin hier, um mehr herauszufinden. Vielleicht können Sie mir helfen."

„Jederzeit ... ja ... wenn ich kann ..."

„Gibt es Kollegen, mit denen Frau Struck gut bekannt war?", begann Westermayer.

Der Mann rang noch um Fassung. „Das kann ich Ihnen beim besten Willen nicht sagen. Frau Struck hat für mich gearbeitet. Was sie in ihrer Mittagspause oder nach Feierabend gemacht hat, das weiß ich nicht. Wir stehen mitten in größeren Umstrukturierungsmaßnahmen, Herr Westermayer. Wir gehören inzwischen zur Gruppe des Rhön-Klinikums und ..."

„Verzeihen Sie bitte meine Ungeduld, Herr Professor", unterbrach ihn Westermayer. „Aber ich ermittle in einem Mordfall und da ist Eile geboten."

„Selbstverständlich, Herr Hauptkommissar. Es tut mir leid, wenn ich Ihnen nicht weiterhelfen kann. Ich bin erschüttert ... aber wie ich Ihnen gerade sagte, finden hier zurzeit Umstrukturierungen statt. Ich weiß kaum noch, wo mir der Kopf steht. Solche Maßnahmen sind nicht immer angenehm für die Betroffenen. Das Rhön-Klinikum arbeitet nach wirtschaftlichen Gesichtspunkten. Wir sind froh, dass wir bis jetzt nur zwanzig betriebsbedingte Kündigungen aussprechen mussten."

„Gibt es eine Liste dieser Personen?" Westermayer bemerkte, wie der Professor zögerte. „Ich möchte sie sehen."

„Das sind eigentlich vertrauliche Daten, Herr Hauptkommissar."

„In einem Mordfall ist nichts vertraulich, Herr Professor. Bitte tun Sie mir diesen Gefallen."

Der ärztliche Direktor erhob sich von seinem Schreibtisch, ging zur Tür und gab eine kurze Anweisung. Nur wenige Minuten später hatte die Sekretärin die Liste ausgedruckt. Und Westermayer entdeckte sofort den Namen seines Verdächtigen. „Warum haben Sie Herrn Hellmer gekündigt?"

„Sie glauben doch nicht etwa, dass ..." Der Professor kratzte sich nachdenklich an der rechten Schläfe, bevor er fortfuhr. „Niemand ist über eine Kündigung erfreut, doch Herr Hellmer hat ziemlich heftig darauf reagiert."

„Genauer bitte! Ich brauche von Ihnen eine genaue Einschätzung, damit ich mir ein Bild von dem Mann machen kann."

„Manfred Hellmer war ein langjähriger Mitarbeiter, doch in den letzten Monaten fiel er häufig negativ auf. Unpünktlichkeit, schroffes und launisches Verhalten Kollegen und Vorgesetzten gegenüber. Alles Dinge, die wir berücksichtigen müssen, wenn Kündigungen ausgesprochen werden, Herr Westermayer."

„Erzählen Sie bitte weiter."

„Doktor Staudenbach leitet Station 113. Dort hat Herr Hellmer die letzten Jahre gearbeitet. Er berichtete mir von einem Verhalten, das man wirklich als grob fahrlässig bezeichnen kann. Wir brauchen keine Mitarbeiter, denen das Wohl der Patienten nicht oberstes Gebot ist. Genau dies hat Herr Hellmer an seinem letzten Tag erneut bestätigt. Wir hatten sogar den Betriebsrat zu dem Gespräch hinzugezogen, um Herrn Hellmer zu signalisieren, dass alles mit rechten Dingen zugeht. Trotzdem reagierte er ausfällig und beleidigend. Und das, obwohl wir ihm eine Sonderzahlung angeboten haben. Mit diesem finanziellen Entgegenkommen und den ihm zustehenden Leistungen des Arbeitsamtes hätte er eine gewisse Zeit problemlos überbrücken können."

„Wissen Sie, warum er sich so aggressiv verhalten hat?"

„Da müssen Sie mit seinen Kollegen sprechen. Hier oben auf den Lahnbergen arbeiten viele Menschen. Ich kann nicht über jede Lebensgeschichte informiert sein. Aber warum sprechen Sie in diesem grausamen Zusammenhang Herrn Hellmer an? Weil er Frau Struck gut gekannt hat?"

Westermayer kaute nachdenklich auf seinen Lippen.

*

Peter Stuhr parkte in der Goldbergstraße und beobachtete das Haus von Manfred Hellmer. Als Stuhr seinen Standort veränderte, um nicht auffällig zu werden, öffnete sich die Haustür. Ein Mann kam heraus, auf den die Beschreibung zutraf. Groß, kräftig, Mitte vierzig. Hellmer! Stuhr beobachtete ihn weiter im Rückspiegel. Der Mann verließ das Grundstück nicht, ging nur bis zum Hoftor, stellte eine graue Mülltonne an den Straßenrand und war auch schon wieder im Haus verschwunden. Stuhr nutzte diesen Moment, um am Ende der Straße nach rechts abzubiegen. In einem kurzen Bogen näherte er sich wieder von der Marburger Straße, dem Beginn der Goldbergstraße, fuhr aber kein zweites Mal diesen Weg entlang, sondern stellte seinen Wagen auf dem Parkplatz des Hotels Carle ab, und zwar so, dass er von dort aus einen Teil der Goldbergstraße und auch noch Hellmers Haus im Blickfeld hatte. Jetzt hieß es abwarten. Sein Chef hatte ihn angewiesen, Hellmer nicht aus den Augen zu lassen. Stuhr richtete sich auf einen langen Tag ein. Es gab niemandem, der ihm wegen unregelmäßiger Arbeitszeiten Vorwürfe machen würde. Stuhr lebte allein in einer kleinen Zweizimmerwohnung in der Marburger Nordstadt und war mit sich und der Welt zufrieden.

Er blätterte in einer Illustrierten herum, um sich die Zeit zu vertreiben. Die Hofeinfahrt von Hellmers Haus ließ er dabei nicht aus den Augen. Doch dort blieb alles ruhig. Fünfzehn Uhr. Hellmer hatte sich nicht wieder blicken lassen. Falls Westermayer mit seiner Vermutung danebenlag, dann war diese Observierung umsonst. Aber sie hatten keine andere Spur zur Verfügung, und irgendetwas musste getan werden.

Es verging eine weitere halbe Stunde bis Hellmer wieder aus dem Haus kam. Er schien es nicht eilig zu haben und gab sich wie Jemand, der nichts zu verbergen hatte. Stuhr wartete ab, bis Hellmer den Wagen aus der Garage gefahren hatte, dann startete er ebenfalls den Motor. Hellmer blickte beim Abbiegen in die Marburger Straße nur kurz auf den Hotelparkplatz.

„Dann wollen wir doch mal sehen, wohin Manfred Hellmer jetzt fährt", murmelte Stuhr.

*

Als Hellmer sein Haus verließ und das Garagentor öffnete, kontrollierte er die Straße, da er insgeheim befürchtete, dass dieser aufdringliche Hauptkommissar in der Nähe war, um ihn zu beobachten. Vielleicht war sein Besuch wirklich nur Routine gewesen. Dennoch wollte er nicht auf direktem Weg nach Heskem. Also fuhr er die Marburger Straße bis zum Ende und bog dort auf den Parkplatz des *tegut*-Supermarktes ein. Ein Wagen, der hinter ihm fuhr, setzte seinen Weg in Richtung Umgehungsstraße fort. Hellmer stellte sein Auto auf dem Parkplatz ab und betrat den Supermarkt. Im Backwarenshop nahm eine er Tüte Brötchen mit. Nachdem er an der Kasse die Ware bezahlt hatte, ging er wieder hinaus, ließ sich aber auf dem Rückweg zu seinem Wagen Zeit, dabei bemerkte er das Auto, das vorhin noch hinter ihm gewesen war und nun ebenfalls auf dem Parkplatz des Supermarktes stand. *Verdammt!*

Hellmer schlenderte zu seinem Wagen, startete den Motor und beobachtete im Rückspiegel, dass sich der andere Wagen ebenfalls in Bewegung setzte. *Also doch!* Ab jetzt musste er höllisch aufpassen. Vom Parkplatz des *tegut*-Supermarktes lenkte er rechts in Richtung Umgehungsstraße. Allerdings bog er nur fünfzig Meter weiter in Richtung Landratsamt ab. Dieser Straße folgte er bis zum Ortsende von Cappel und erreichte den Wald, durch den die Straße in Richtung Ebsdorfergrund führte. Der andere Wagen folgte ihm immer noch, zwar in einigem Abstand, doch die Absicht war erkennbar. Hellmer fuhr am Heskemer Kreisel in den Ort hinein, folgte der Straße weiter in Richtung Dreihausen, dann bremste er ab und fuhr nach rechts in den Ortsteil Mölln. Sein Verfolger kam ihm in einigem Abstand hinterher, bemüht, unauffällig zu bleiben.

„Wollen wir doch mal sehen, wer sich hier von uns beiden besser auskennt", murmelte Hellmer und bremste ab, als er das Ortsschild passierte und die Straße sich entsprechend verengte. Nach einer unübersichtlichen Rechtskurve beschleunigte er wieder, als er einen Traktor mit Anhänger sah, der gerade aus einer Hofeinfahrt bog. Hellmer ignorierte das Tempo-30-Schild und schoss an dem Traktor vorbei, bevor dieser auf die Straße fuhr, die an dieser Stelle eng und unübersichtlich war, sodass man nicht ohne Weiteres überholen konnte. Hellmer schaute in den Rückspiegel. Sein Verfolger hing hinter dem Traktor fest. Hellmer passierte die Gesamtschule, kurz darauf die Tankstelle, bog an der nächsten Kreuzung nach links in Richtung Marburg ab und gelangte nach Heskem. Am Ortsausgang ging es im Kreisel rechts nach Wittelsberg. Er beschleunigte. Im Rückspiegel tat sich nichts, sein Verfolger hatte durch den Traktor viel Zeit verloren und war vermutlich in eine andere Richtung gefahren. Hellmer passierte Wittelsberg und bog dann nach links in Richtung Moischt ab. Zwei Kilometer weiter vor dem Ortseingang wechselte er erneut die Richtung und wählte diesmal eine ehemalige Kreisstraße, die früher die schnellste Verbindung zwischen Wittelsberg und Moischt gewesen war. Diese enge Straße wurde nur noch von landwirtschaftlichem Verkehr genutzt und war dementsprechend wenig befahren, und was noch wichtiger war: Diese Straße endete genau an dem Weg, der zum Natursteinwerk außerhalb von Heskem führte. Hellmer ließ sich Zeit und schaute immer wieder in den Rückspiegel.

Er wurde ruhiger, und überlegte, was er tun würde, wenn der entscheidende Moment gekommen war. Wie sollte er Nadine umbringen? Auch erwürgen? Es gab viele Möglichkeiten, aber eigenartigerweise fühlte sich Hellmer nicht mehr dazu in der Lage. Gestern noch hatte er kaltblütig seine ehemalige Arbeitskollegin getötet, doch heute ... Er konnte es nicht mehr. Die Tatsache, dass die Polizei ihn jetzt offensichtlich zum Kreis der Verdächtigen zählte, hatte ihn alarmiert und verunsichert. Gestern noch war er der coole Planer gewesen, der felsenfest davon überzeugt war, dass er den richtigen Weg ging, um seine persönliche Misere zu beenden. Nur vierundzwanzig Stunden später hatte sich alles jedoch dramatisch verschlechtert. Seit dem Besuch des Hauptkommissars Westermayer wusste Hellmer, dass er nur noch einen einzigen Trumpf ausspielen konnte: Er war der Einzige, der Nadines derzeitigen Aufenthaltsort kannte. Das Mädchen war ohnehin an allem Schuld ... wenn sie ihm doch die Mütze nicht vom Kopf gerissen hätte ...

Seine Psyche war angeschlagen, als er zehn Minuten später auf das Firmengelände fuhr, den Wagen hinter der Werkshalle abstellte und Nadines Gefängnis betrat. Er tastete nach der Spritze in seiner Jackentasche. Sie enthielt das gleiche Beruhigungsmittel wie beim ersten Mal.

Hellmer betrat die Halle, ging zur Tür des Abstellraums und betätigte den Lichtschalter, bevor er sie öffnete. Nadine kauerte in ihrer Ecke. Sie blinzelte verstört in die jähe Helligkeit. Er schlug die Tür hinter sich zu und schaute

Nadine mit kalten Augen an. „Hinlegen! Mach schon!" Als sie nicht reagierte, packte er sie am Oberarm und zog sie einfach mit sich. Sie ließ alles willenlos mit sich geschehen und lag bäuchlings auf dem harten Boden. Hellmer nahm das Klebeband und fesselte damit ihre Arme auf den Rücken. Ihre Füße band er ebenfalls zusammen. Dann zog er die Spritze aus der Jackentasche. „Das wird dir helfen, damit die Zeit schneller vergeht!" Er griff nach ihrem linken Arm und injizierte ihr die glasklare Flüssigkeit.

Nadine wagte sich kaum zu rühren, in ihren Augen spiegelte sich nackte Panik. Kaum zwei Minuten später schlief sie ein. Die Wirkung des Mittels setzte ein. Hellmer verschloss mit dem Klebeband den Mund und die Augenpartie des Mädchens. Und als er wenig später das Firmengelände verließ, war Nadine in seinen Gedanken bereits tot.

*

„Das darf doch nicht wahr sein!" Stuhr hatte sich telefonisch bei Westermayer gemeldet und zu einem Wutausbruch verholfen, als er ihm beichten musste, Hellmer verloren zu haben. „Wo genau ist das passiert?" Stuhr sagte es ihm, und Westermayer runzelte die Stirn. „Von Heskem aus führen mehrere Straßen in verschiedene Richtungen. Da können wir lange suchen." Er beendete das Gespräch als sein Vorgesetzter sein Büro betrat und einen aktuellen Bericht forderte. Der Hauptkommissar erläuterte detailliert den Stand der Dinge und sagte abschließend: „Wir sollten Hellmer verhaften und in die Mangel nehmen."

Hoffmann winkte ab. „Sollen wir uns den Haftbefehl selber schreiben? Da müssen Sie schon mehr bringen. Wir können ihn höchstens auf frischer Tat ertappen. Bei der

Geldübergabe. Mit etwas Glück werden wir die Falle am Spiegelslustturm zuschnappen lassen."

„Und Glück werden wir brauchen", murmelte Westermayer. „Wenn der Erpresser wirklich Hellmer ist, dann haben wir es mit einem völlig unberechenbaren Monster zu tun."

*

Hellmer wachte schweißgebadet auf und blickte sich einen Moment verwirrt um. Erst dann wurde ihm bewusst, dass er nur geträumt hatte und sich in den eigenen vier Wänden seines Schlafzimmers befand. Sein Herz pochte heftig, weil dieser Albtraum so real gewesen war. Er konnte nicht verstehen, warum ihn diese Bilder ausgerechnet jetzt heimsuchten, denn in der eigentlichen Mordnacht hatte er tief und fest geschlafen. Nur schwer konnte er die grauenhaften Bilder abschütteln. Er hatte sich im Wald verirrt und hinter jedem Busch seltsame Geräusche gehört. Deshalb war er umso erleichterter gewesen, als er in einiger Entfernung einen hellen Schimmer gesehen hatte. Er war darauf zugegangen und hatte erkannt, dass es sich um ein Haus handelte, in dem Licht brannte. Dort hatte Tanja auf ihn gelauert, sie hatte sich auf ihn gestürzt. Als Hellmer ihr bleiches Gesicht und die toten Augen gesehen hatte, war er vor Entsetzen wie gelähmt gewesen. Diesen Zeitpunkt hatte die Tote genutzt, um ihn zu packen und an sich zu reißen. Die Kälte, die er dann gespürt hatte, war so intensiv gewesen, dass sie alles andere überlagert hatte. In diesem Moment war er aus seinem Traum erwacht, doch die Eindrücke waren noch sehr intensiv.

Draußen war die Sonne aufgegangen. Sieben Uhr dreißig.

Er drehte sich noch mal um, doch jedes Mal, wenn er die Augen schloss, kehrten die schrecklichen Bilder zurück. Schließlich stellte er sich unter die Dusche. Danach fühlte er sich besser. In der Küche kochte er sich einen starken Kaffee und frühstückte ohne großen Appetit. Er stellte sich vor, wie die Hagedorns nach der Übergabe des Lösegelds vergeblich auf die Rückkehr ihrer Tochter warten würden. Auf keinen Fall würde er das Geld nehmen und untertauchen, sondern es erst einmal sicher deponieren. In den nächsten Wochen würde er sein normales Leben weiterführen.

Hellmer zog sich an, verließ das Haus und machte sich auf den Weg zur Agentur für Arbeit in der Marburger Nordstadt. Sollte die Polizei ihn noch immer beobachten, würde man lediglich feststellen, dass er genau das tat, was man von ihm erwartete: einen Job zu suchen.

Hellmer fuhr auf die Stadtautobahn und kontrollierte ständig den Rückspiegel. An der Abfahrt Marburg-Nord bog er ab und erreichte hundert Meter weiter das große Gebäude der Agentur für Arbeit. Dort setzte er sich an einen der Computer, klickte nach freien Stellen und blätterte in Gedanken seine hundertfünfzigtausend Euro durch. Auf diese Weise vergingen zwei Stunden, dann druckte er sich die Firmen aus, die für eine Bewerbung infrage kamen. Heute Mittag würde er zu Hause die Firmen anschreiben, Kopien anfertigen und die Briefe anschließend zur Post bringen. Und dann kam seine große Stunde. Er hielt seinen Plan immer noch für perfekt.

*

Westermayers schlechtes Gefühl in der Magengegend hatte sich zu einem schweren Klumpen verfestigt. In Gedanken rechnete er alle Möglichkeiten durch. Lag er mit seinem Verdacht richtig, oder war dieser merkwürdige Manfred Hellmer vielleicht doch unschuldig? Wenn ja, musste man einen Zusammenhang zwischen der Entführung und dem Mord an der jungen Frau Struck ausschließen. Der Hauptkommissar betete fast darum, in Hellmer den Schuldigen zu finden, nur so gab es eine echte Chance, Nadine Hagedorn noch zu retten. Und dieses Ziel hatte absolute Priorität. Er seufzte und fixierte den langen, schmalen Hermann-Bauer-Weg, der in Richtung Uni-Klinikum führte und die einzige Verbindungsstraße zum Kaiser-Wilhelm-Turm darstellte, den man im Volksmund auch Spiegelslustturm nannte und der die höchste Erhebung innerhalb der Stadtgrenzen Marburgs war. Von hier aus hatte man einen sehr guten Blick auf die alte Universitätsstadt und auf das Landgraf-Philipp-Schloss, das auf der gegenüberliegenden Seite des Lahntals majestätisch auf einem Hügel thronte und das Wahrzeichen der Stadt darstellte. Westermayer hatte jedoch keine Zeit, um diesen idyllischen Ausblick zu genießen. Seine Gedanken beschäftigten sich mit ganz anderen Dingen, während er sich nach seinen übrigen Kollegen umschaute, die sich ebenfalls unter die Gäste und Besucher des Turm-Cafés gemischt hatten. Niemand sah ihnen an, dass sie Polizisten waren.

Dem Hauptkommissar gefiel es jedoch nicht, dass sich zu dieser Stunde noch so viele Besucher auf der Aussichtsterrasse befanden. Das machte die Sache nicht einfacher, doch seine Leute wussten, was sie zu tun hatten. Alles war so vorbereitet worden, wie es der Entführer gefordert hatte. Die Sporttasche mit dem Lösegeld war längst unterhalb der Aussichtsterrasse im Gebüsch deponiert worden. Die Blicke des Hauptkommissars scannten jeden einzelnen Besucher. Einige standen vorn am Geländer der Aussichtsplattform und genossen den Blick auf Marburg. Die Stadt lag unter ihnen im Tal, und der Wind trug die Geräusche der vielen Autos, die über die Stadtautobahn weiter in Richtung Norden fuhren, bis hierher. Nicht nur Touristen kamen an diesen Ort, sondern auch viele Einheimische. Der Spiegelslustturm hatte deutlich an Attraktivität gewonnen, seit ein karitativer Verein namens MOBILO die Bewirtschaftung des Cafés übernommen hatte und dort unter anderem regelmäßig Konzerte und Lesungen veranstaltete. Die Künstler und Gruppen, die hier auftraten, schätzten das besondere Ambiente des alten Turms. Westermayer war selbst schon einige Male Gast bei solchen Veranstaltungen gewesen. Endlich leerte der Biergarten sich, das Konzert sollte gleich beginnen. Durch die geöffnete Tür waren Gitarrenklänge zu vernehmen.

„Es kommt jemand", hörte Westermayer über sein Headset die Stimme eines Kollegen, der sich mit drei anderen Beamten weiter unten im Dickicht unterhalb der Aussichtsterrasse postiert hatte. „Ein einzelner Mann. Er nähert sich vom Waldweg her dem Turm."

*

Hellmer hatte sein Auto am unteren Ortenberg abgestellt und für sein weiteres Vorgehen den Waldweg gewählt, der in einigen Windungen bis hinauf zur Ausflugsgaststätte Spiegelslust führte. Mittlerweile war es dunkel geworden. Er trug sportliche Kleidung und wirkte wie ein Jogger. Zwischen den Bäumen wurde die markante Silhouette des Spiegelslustturms sichtbar. An der Außenfassade war ein kunstvoll geformtes, herzförmiges Objekt angebracht, das nachts beleuchtet wurde. Es gab einige Leute, die sich heftig darüber stritten, dass dadurch die historische Fassade des Turms für immer und ewig ihr Gesicht verlieren würde. Hellmer dagegen wies dieses Leuchten wunderbar den Weg durch den nächtlichen Wald. Langsam näherte er sich der Aussichtsplattform unterhalb des Turms und hielt Ausschau. Das helle Mondlicht sorgte zusätzlich dafür, dass er sich gut orientieren und ungestört umsehen konnte. *Die Sporttasche!* Sie lag direkt vor ihm! *Ich hab es geschafft!* Er griff nach ihr, packte sie und blickte sich dabei gehetzt um. Alles, was er im Licht des Mondes sehen konnte, war die markante Silhouette des Spiegelslustturms und das herzförmige leuchtende Objekt an der Außenmauer. *Ich hab es wirklich geschafft!* Er atmete auf, drehte sich um – und starrte in das gleißende Licht einer Taschenlampe, die genau auf sein Gesicht gerichtet war. Links und rechts plötzlich laute Stimmen! Jemand packte ihn am rechten Oberarm, während ihm ein anderer in die Beine trat und zu Boden drückte.

„Loslassen!" Er hörte seine eigene Stimme. Nicht mehr als ein verzweifelter Schrei.

„Manfred Hellmer! Sie sind festgenommen!" Der harsche Ton kam bei ihm wie durch Watte an. Er bäumte sich gegen den Zugriff der Beamten auf. „Sind Sie verrückt geworden? Ich bin zufällig hier, habe die Tasche dort liegen sehen. Das ist alles!"

Die Beamten gingen nicht zimperlich mit ihm um, sie zogen den laut protestierenden Mann aus dem Wald und brachten ihn fort.

*

„Glückwunsch, Westermayer. Sie hatten recht", sagte Hoffmann. „Bald werden wir wissen, wo das Mädchen steckt. Ein Profi ist dieser Manfred Hellmer wirklich nicht."

Eher ein armer Irrer, dachte der Hauptkommissar. „Was ist, wenn er weiter leugnet?"

„Was für einen Sinn sollte das haben?", erwiderte Hoffmann. „Sein Plan ist nicht aufgegangen, und Komplizen hat der nie und nimmer. Sein Auto muss noch heute Nacht untersucht werden. Ich wette, dass unsere Technik nachweisen kann, dass Nadine Hagedorn in diesem Wagen verschleppt wurde."

„Aber wie passt der Mord an Tanja Struck da rein? War sie eine lästige Zeugin? Und ging es ihm vorrangig darum, die Familie Hagedorn zu quälen? Jetzt, wo wir ihn haben, hat er erneut verloren. Was tut ein Verrückter wie er in solch einem Fall?"

Hoffmann schwieg.

„Er wird seine unsinnige Rache an der Familie Hagedorn fortsetzen. Er wird weiter schweigen!"

„Jetzt muss erst einmal die Öffentlichkeit so schnell wie möglich informiert werden", sagte Hoffmann. „Wir informieren die Oberhessische Presse und sorgen Sie dafür, dass das Foto der entführten Nadine Hagedorn in die morgige Ausgabe kommt. Falls dieser Hellmer wirklich weiter schweigen sollte, brauchen wir die Mithilfe der Bevölkerung. Ab jetzt zählt jede Minute."

„Gut!" Westermayer nickte. „Stuhr erledigt das mit der Presse. Ich werde das Verhör durchführen."

*

„Sie bringen es morgen auf der Titelseite", berichtete Stuhr, als er zurück vom Verlagsgebäude der Oberhessischen Presse kam. Die Lokalzeitung befand sich gerade mal einen Kilometer von der Polizeidienststelle entfernt, und da ohnehin erst gegen halb elf Redaktionsschluss für die morgige Ausgabe war, hatte man Stuhr versprochen, das Foto von Nadine mit entsprechenden Informationen auf die erste Seite zu stellen. „Nun heißt es abwarten. Was ist mit Hellmer?"

„Er wird gerade erkennungsdienstlich behandelt. Dann rede ich mit ihm ... und wenn es die ganze Nacht dauert. Ich will wissen, was mit Nadine ist und wo er sie versteckt hat."

Stuhr schürzte die Lippen. „Dabei ist die Sache doch eindeutig."

„Das wissen Sie und ich ... aber uns fehlen die Beweise. Im Moment suchen wir noch nach seinem Wagen. Der Mann will aus welchen Gründen auch immer Zeit gewinnen. Er sagt, er hätte sein Auto heute Nachmittag unten am Lahnufer abgestellt, später wäre es nicht mehr dagewesen."

„Schwachsinn!" Stuhr konnte nur den Kopf schütteln.

„Beweisen Sie ihm erst einmal, dass es nicht so ist." Westermayer kochte innerlich vor Wut. „Er hat nur gesagt, dass er keinen Ärger mit der Polizei will. Er macht sich Sorgen, weil wir ihn angeblich grundlos verdächtigen. Er will sofort mit einem Anwalt sprechen. Verdammt! Kommen Sie, ich werde mit Hellmer reden. Halten Sie sich im Hintergrund ... aber beobachten Sie genau, wie er sich verhält, vielleicht fällt Ihnen ja etwas auf, was mir entgeht."

Vom ersten Stockwerk gingen sie vier Treppen nach unten zu der Etage, wo sich die Arrestzellen und die Verhörräume befanden. Es war kurz vor zweiundzwanzig Uhr, als der Hauptkommissar und sein Kollege den Verhörraum betraten. Hellmer saß auf einem Stuhl. Er wurde von einem Polizisten bewacht.

„Ich protestiere nochmals", waren seine ersten Worte.

„Verdächtige Personen können wir jederzeit vierundzwanzig Stunden festsetzen", erklärte Westermayer gelassen. „Und auf Sie treffen die Kriterien ganz sicher zu."

„Wessen verdächtigen Sie mich eigentlich?" Hellmers Augen funkelten wütend.

„Wir zeichnen dieses Verhör auf. Überdenken Sie genau, was Sie uns sagen. Ein Anwalt kann erst morgen kommen. Bis dahin sollten wir die Zeit nutzen und uns unterhalten. Ist das ein Problem für Sie, Herr Hellmer? Haben Sie irgendetwas zu verbergen?"

„Ich wüsste nicht was", schnaufte Hellmer. „Also gut ... nur damit das hier nicht ausartet ... fragen Sie von mir aus, was Sie wissen wollen. Wenn Sie sich dann besser fühlen."

„Was hatten Sie im Wald unterhalb des Spiegelslustturms zu suchen?"

„Gibt es Gesetze, die vorschreiben, wann man Sport treiben darf, Herr Hauptkommissar? Diese Strecke lege ich nicht zum ersten Mal zurück. Sie können gerne meine Nachbarn fragen. Einige von ihnen wissen, dass ich oft jogge. Diese Strecke ist dafür optimal."

„Und warum so spät?"

„Weil ich früher keine Zeit dazu hatte. Auch ein Arbeitsloser hat ein Tagesprogramm, das er hinter sich bringen muss. Ich war heute Morgen in der ARGE und habe zwei Stunden am Computer gesessen. Ich habe mir einige Stellenangebote ausgedruckt, mit nach Hause genommen und dann dort meine Bewerbungen geschrieben. All das kann man nachprüfen. Die Kopien liegen noch auf dem Tisch. Anschließend habe ich die Briefe zur Poststelle am Cappeler Berg gebracht. Der Angestellte dort kennt mich. Sie können ihn ebenfalls fragen. Und danach bin ich in die Stadt gefahren, weil ich noch einige Besorgungen machen wollte, aber dazu ist es ja leider nicht mehr gekommen. Ich war nur kurz um die Ecke in einem Bistro in der Deutschhausstraße, als ich zurück kam, war mein Wagen weg."

„Manchmal geschehen seltsame Dinge", spöttelte Westermayer. „Komisch, dass dies ausgerechnet heute Abend passiert. Unsere Kriminaltechniker hätten sich Ihren Wagen gerne mal angesehen. Ich bin mir sicher, dass sie dort sehr aufschlussreiche Spuren finden werden."

„Eine halb leere Tüte Chips und eine Flasche Cola ... sind das wichtige Hinweise für Sie?"

„Sie sind über den Waldweg hinauf zum Spiegelslust gekommen. Also muss Ihr Wagen irgendwo in der Nähe des unteren Ortenberges abgestellt sein. Wollen wir wetten, dass unsere Leute ihn bis spätestens morgen finden werden?"

„Dann hab ich ihn wieder und bin beruhigt."

„Wo ist Nadine Hagedorn?", fragte ihn Westermayer unvermittelt.

„Ich soll Hagedorns Tochter entführt haben? Sagen Sie mal, was reimen Sie sich da eigentlich zusammen? Finanzielle Probleme. Ja! Hagedorn hat meinen Wunsch auf Aussetzung der Tilgung abgelehnt. Nochmal: ja! Aber reicht das schon aus, mich zum Kriminellen abzustempeln?"

„Immerhin waren Sie dort, wo das Lösegeld übergeben werden sollte, Hellmer. Sie hatten das Geld bereits in der Hand. Und die Anrufe des Erpressers wurden aufgezeichnet. Wir werden einen Stimmenvergleich machen. Die Technik bringt die Wahrheit ohnehin an den Tag." Westermayer glaubte endlich Unsicherheit bei Hellmer zu erkennen. „Ich frage mich, was in Ihrem Kopf vorgeht, Hellmer.

Sie können doch nicht ernsthaft darauf hoffen, dass wir Sie wieder laufen lassen. Sie sollten mit uns kooperieren. Nur das kann Ihre Lage noch verbessern. Sagen Sie uns endlich, wo sie Nadine versteckt haben. Lebt sie noch? Oder haben Sie sie auch bereits aus dem Weg geräumt? Vielleicht sogar auf die gleiche Weise wie Tanja Struck?"

„Wie bitte? Tanja Struck soll tot sein?" Hellmer wirkte außerordentlich überrascht.

„Hören Sie auf mit dem Theater! Sie wissen doch ganz genau, um was es hier eigentlich geht."

„Sie wollen mich in die Enge treiben! Zum letzten Mal: Ich habe mit der ganzen Sache nichts zu tun. Tanja war meine Arbeitskollegin, das stimmt. Mit ihr habe mich übrigens gut verstanden ... ganz im Gegensatz zu einigen anderen Kollegen in der Uni-Klinik. Wenn ich wirklich Wut auf jemanden gehabt habe, dann war es Doktor Staudenbach, der Chef meiner Station, aber das wissen Sie wahrscheinlich längst."

Westermayer erkannte in den Augen des Mannes, wie sinnlos es war, ihn weiter zu befragen. Dieser Hellmer war nicht wie andere Kriminelle. Er war schlicht und einfach verrückt.

*

Egon Großmann runzelte die Stirn, als er die Zeitung aus dem Briefkasten holte und dabei auf den roten Peugeot 307 schaute, der an der Einmündung zur Georg-Voigt-Straße stand. Der Wagen war ihm schon gestern Nachmittag aufgefallen, weil er zu dicht vor der Einfahrt in die schmale Straße stand und dadurch ein Hindernis für diejenigen darstellte, die aus der schmalen Georg-Voigt-Straße auf die Ortenbergstraße abbiegen wollten. Großmann war seit gut zwei Jahren Pensionär und führte ein bescheidenes Leben. Er war schon immer ein penibler und sehr ordnungsliebender Mensch gewesen, und deshalb waren ihm diejenigen ein Dorn im Auge, die sich nicht an die gültigen Regeln hielten. Er öffnete das Hoftor und ging zu dem Auto, das an der Straße stand.

„Guten Morgen, Herr Großmann!"

Er drehte sich um und erkannte seinen Nachbarn. „Guten Morgen!"

„Haben Sie es auch schon gelesen? Das ist ja schrecklich." Sein Nachbar stand am Gartenzaun und hielt die Tageszeitung in der Hand. „Hier! Eine Entführung! In Marburg!"

Großmann trat näher und studierte den Artikel. „Meine Güte, jetzt fängt das hier auch noch an." Er las weiter. „In diesem Zusammenhang wird nach einem roten Peugeot gefahndet!"

Die beiden Männer sahen einander mit großen Augen an. „Kennzeichen *MR-MH 365*. Das ist er!", entfuhr es ihnen gleichzeitig.

*

Westermayer hatte eine schlaflose Nacht hinter sich. Er hätte gestern nicht locker lassen dürfen, auch wenn er sich sicher war, dass dieser Hellmer weiter paranoid an seiner lächerlichen Version festgehalten hätte. Er stand auf, absolvierte eine halbherzige Morgentoilette und setzte sich anschließend in seinen VW Passat.

Richtig wach wurde er erst, als er kurz nach acht seine Dienststelle betrat.

„Volltreffer! Wir haben Hellmers Auto!", begrüßte ihn Stuhr.

„Wo?", wollte Westermayer wissen.

„Vor fünf Minuten kam ein Anruf. Der Wagen steht in der Ortenbergstraße, Ecke Georg-Voigt-Straße. Zwei Anwohner haben von dem Fall in der Zeitung gelesen und konnten den Wagen zuordnen. Ich habe bereits eine Streife losgeschickt. Sie kümmern sich darum, dass der Wagen so schnell wie möglich hergebracht wird. Unsere Spezialisten stehen schon bereit."

Der Tag fing gut an.

„Dann wollen wir das unserem Verdächtigen gleich mal mitteilen. Kommen Sie!" Westermayers Müdigkeit war verflogen, als er die Treppe nach unten zu den Arrestzellen ging.

*

Als sich die Tür hinter Hellmer in der kleinen Zelle schloss, wäre es beinahe um seine Fassung geschehen gewesen. Die Durchsuchung und die erkennungsdienstliche Behandlung hatte er in stoischer Ruhe über sich ergehen lassen. Genau wie die Tatsache, dass er seine persönlichen Sachen wie Armbanduhr und Schlüsselbund hatte abgeben müssen. Selbst die Schnürsenkel und den Gürtel musste er den Polizeibeamten aushändigen, was er als besonders entwürdigend empfand. Für ihn war dieser abgeschlossene Raum erdrückend. Er war es gewohnt, in großen Zimmern zu leben, und die Enge dieser Zelle legte sich auf sein Gemüt. Am liebsten hätte er laut geschrien und wie ein Wahnsinniger mit beiden Fäusten gegen die Zellentür geschlagen, aber diese Blöße wollte er sich nicht geben. Es blieb ihm also nichts anderes übrig, als sich mit dieser Situation abzufinden und bis morgen früh zu warten. Den Anwalt konnte man ihm nicht verwehren. Dieses Recht stand ihm per Gesetz zu.

Er streckte sich auf der harten Pritsche aus, schloss die Augen und sah auf einmal den kalten und feuchten Abstellraum vor sich, indem er die gefesselte und geknebelte Nadine zurückgelassen hatte. Er stellte sich vor, wie sie sich voller Panik zu befreien versuchte, aber das konnte sie aus eigener Kraft niemals schaffen. Stattdessen würden von Stunde zu Stunde ihre Kräfte immer mehr nachlassen, bis sie schließlich vor Hunger und Durst geschwächt war. Im Gegensatz zu der vergangenen Nacht träumte er nicht mehr von Tanja. Dieses Ereignis war eigenartigerweise in seinem Traum nicht mehr gegenwärtig, als wenn sein Gehirn ganz plötzlich entschieden hätte, keinen weiteren Gedanken mehr an diese schreckliche Tat zu verlieren. Stattdessen träumte Hellmer erneut von dem entwürdigenden Besuch in der Sparkasse und dem Moment, als Hagedorn seine Bitte abgeschmettert hatte. Da saß er wieder, in seinem feinen Chefsessel und lachte verächtlich, während Hellmer immer wütender wurde. *Ich habe die Kündigung Ihres Kredits längst veranlasst, Hellmer!* Hagedorn strahlte und ging zu einem Schrank, drehte den Schlüssel im Schloss herum, er drehte und drehte und das Geräusch des Schlüssels wurde immer lauter. Hellmer fuhr hoch. Seine Zellentür wurde geöffnet.

Hauptkommissar Westermayer ... Und der andere ...

„Gute Nachrichten, Herr Hellmer", sagte Westermayer ohne Begrüßung. „Ihr gestohlener Wagen ist wieder da. Und wissen Sie, wo wir ihn für Sie gefunden haben? Am unteren Ortenberg, wo der Waldweg zum Spiegelslustturm beginnt. Ein merkwürdiger Zufall. Finden Sie nicht auch?"

Hellmer fuhr sich fahrig mit beiden Händen durchs Gesicht. „Wo ist mein Anwalt?"

Westermayer kam nah an ihn ran. „Sie können mir alles

sagen. Denken Sie an das Mädchen, Herr Hellmer. Sie hat Ihnen nichts getan!"

„Was wollen Sie von mir?" Hellmers Stimme wurde schrill. „Warum unterstellen Sie mir das alles?"

„Okay, Herr Hellmer, wir haben es versucht. Das war Ihre letzte Chance!" Westermayer drehte sich um und verließ mit Stuhr den Raum.

Zurück blieben Hellmers flackernde Augen.

*

Die Spurensicherung hatte Hellmers Auto untersucht und Kleiderfaserspuren von Nadine Hagedorn und Tanja Struck gefunden. Beide Frauen hatten sich also in Hellmers Wagen befunden. Westermayer informierte die Hagedorns und bat sie ins Präsidium. Jede Möglichkeit und jede Minute musste genutzt werden, um das Mädchen zu finden. Als die Eltern von Nadine eintrafen, saß ein Anwalt mit Manfred Hellmer bereits seit über einer Stunde im Verhörraum. Westermayer betrat den Raum. Den Zustand von Hellmer konnte er wie immer schlecht einschätzen.

Der Anwalt hingegen legte eine konzentrierte Überheblichkeit an den Tag. Der Mann war Anfang dreißig. Brille, dunkler Anzug, schwarze Haare. „Fünf Minuten bitte noch!" Er betrachtete den Hauptkommissar kritisch.

„Was ich zu sagen habe, ist sicher auch für Sie interessant zu wissen, Herr ...?"

„Beierlein. Kanzlei Richter & Partner. Und wer sind Sie?"

„Hauptkommissar Klaus Westermayer. Wir haben in dem Wagen Ihres Mandanten Faserspuren der ermordeten Tanja Struck gefunden."

Hellmer zeigte keinerlei Regung und starrte nur trotzig

seinen Anwalt an. Der reagierte sofort: „Das beweist gar nichts, Herr Westermayer. Herr Hellmer und diese Tanja Struck waren Arbeitskollegen, also ist es durchaus möglich, dass sie schon mal in seinem Wagen saß."

„In seinem Sinne sollten Sie Ihren Mandanten dazu bewegen, ein umfassendes Geständnis abzulegen. Wenn auch Nadine Hagedorn stirbt, dann erhöht sich sein Konto auf zwei Morde!" Westermayer drehte sich um, verließ den Verhörraum und ging zurück in sein Büro, dort saßen Horst und Sylvia Hagedorn. Stuhr stand mit ernster Miene neben ihnen.

„Jetzt sind wir soweit", sagte der Hauptkommissar zu Nadines Eltern. „Frau Hagedorn ... Sie stehen jetzt gleich dem mutmaßlichen Entführer ihrer Tochter gegenüber." Dass Hellmer mit großer Wahrscheinlichkeit auch Tanja Struck ermordet hatte, verschwieg er. „Werden Sie es schaffen, mit ihm zu reden?"

„Ich versuche es", antwortete Sylvia Hagedorn. Ihr Gesicht wirkte versteinert. Sie folgte dem Hauptkommissar und betrat mit ihm den Verhörraum. Stuhr und Hagedorn gingen nach nebenan.

Hellmer zuckte zusammen als Sylvia Hagedorn in den Raum kam. „Was soll das jetzt?" In der Anwesenheit von Nadines Mutter schien er sich sichtlich unwohl zu fühlen. „Was haben Sie meiner Tochter angetan?" Sylvia Hagedorn versuchte ruhig zu bleiben. „Wo ist sie? Wie geht es ihr?"

Hellmer schaute Nadines Mutter an. Sein Innerstes schien zu brodeln, doch er hatte sich wieder unter Kontrolle. Seine Antwort war ruhig und gelassen: „Ich weiß nichts von Ihrer Tochter. Lassen Sie mich bitte in Ruhe."

„Sie sind ein grausamer Mensch, Herr Hellmer!" Die Stimme von Sylvia Hagedorn vibrierte. „Nadine hat Ihnen nichts getan. Wenn Sie auf meinen Mann wütend sind, warum muss es dann meine Tochter büßen?"

„Ich sage es noch einmal: Ich habe nichts getan, und kann daher auch nichts zugeben", beharrte Hellmer. „Frau Hagedorn, selbst wenn Sie vor mir auf die Knie fallen, dann ändert das nichts an der Tatsache, dass ich Ihnen nicht helfen kann."

Ihre Augen füllten sich mit Tränen, und Hellmer wirkte plötzlich amüsiert.

„Ich werde nicht betteln, Herr Hellmer! Ich verlange nur, dass Sie mir meine Tochter zurückgeben. Es hat doch alles keinen Sinn mehr. Was wollen Sie noch erreichen?"

Hellmer verschränkte die Arme vor seiner Brust und schwieg. Westermayer musste einsehen, dass er auch auf diese Weise nicht weiterkam. In ihm krampfte sich alles zusammen, am liebsten hätte er sich auf Hellmer gestürzt und die Wahrheit aus ihm herausgeprügelt.

*

Stephan Graus Miene war angespannt, als er am Gambacher Kreuz in Richtung Gießen-Marburg abbog. Er hatte mit seiner Frau schon seit zwanzig Minuten kein Wort mehr gewechselt, sie war völlig in Gedanken versunken. Vom vielen Weinen waren ihre Augen rot. Seit sie die schockierende Nachricht vom schweren Unfall ihrer Eltern erhalten hatte, konnte sie einfach nicht mehr aufhören zu weinen. Grau hatte mit dem Schicksal gehadert. Er und seine Frau Heike hatten sich schon seit vielen Monaten darauf gefreut, endlich mal einen unbeschwerten Urlaub genießen zu können. Das war ihnen auch bis vor zwei Tagen gelungen, bis zu dem Moment, als die Marburger Polizei ihn per Handy auf Mallorca erreicht hatte. Seitdem war nichts mehr wie vorher. Die Eltern seiner Frau waren Opfer eines Verkehrsunfalls geworden, der sich vor zwei Tagen kurz vor Ebsdorf zugetragen hatte. Ein LKW, der Bauschutt geladen hatte, war aus Richtung Leidenhofen gekommen und nach rechts in Richtung Heskem weitergefahren, ohne auf die Vorfahrt eines von links kommenden Opel Astras zu achten. Dieser Opel hatte nicht mehr abbremsen können und war seitlich gegen den LKW geprallt. Die beiden Insassen, Heikes Eltern, waren dabei schwer verletzt worden. Man hatte sie mit Hilfe der Feuerwehr aus dem Auto befreien müssen. Heikes Vater befand sich in einem kritischen Zustand, ihre Mutter hatte mehrere komplizierte Knochenbrüche erlitten. Graus Frau war im Hotel zusammengebrochen und musste ärztlich versorgt werden. Wenige Stunden später hatten sie die Abreise gebucht. Vor knapp zwei Stunden waren sie dann auf dem Frankfurter Flughafen gelandet.

„Du wirst schon sehen, dass es beide schaffen werden", versuchte der Fünfzigjährige, der außerhalb von Heskem ein kleines Natursteinwerk besaß, sie zu beruhigen. „Dein Vater hat trotz seiner fünfundsiebzig Jahre eine robuste Konstitution. Vielleicht ist alles gar nicht so schlimm."

„Hoffentlich!"

„In einer guten halben Stunde sind wir im Uni-Klinikum."

Sie hatten Gießen hinter sich gelassen und fuhren die vierspurige B 3 weiter in Richtung Marburg. Zehn Minuten später bog Stephan Grau an der Abfahrt Marburg-Nord ab und erreichte schließlich das Gelände der Uni-Klinik auf den Lahnbergen.

Die nächsten Stunden waren sehr belastend, doch Heike Grau wurde ruhiger, als sie bei ihren Eltern sein konnte. Sie bestand darauf, auch über Nacht zu bleiben. Ihr Mann hatte keine Einwände. Nach einigen aufmunternden Worten verließ er das Krankenhaus und fuhr nach Wittelsberg, dort hatte er im Neubaugebiet, am Ortsrand des kleinen Dorfes, vor sieben Jahren neu gebaut. Als er den Wagen vor seinem Haus abstellte, war es bereits Nachmittag. Er schleppte das Gepäck zur Haustür, schloss auf, betrat alle Zimmer und lüftete durch. Danach entschied er sich, Manfred Hellmer anzurufen. Er wollte ihm Bescheid geben, dass er seinen Urlaub hatte frühzeitig abbrechen müssen. Als er dessen Nummer wählte meldete sich niemand, also beschloss er, selbst in seine Firma zu fahren. Was sollte er mit seiner Zeit im Augenblick auch sonst anfangen. Sein Betrieb war gerade mal einen Kilometer entfernt. Nachdem er wenige Minuten später das Tor geöffnet hatte, fuhr er auf das Gelände. Alles wirkte noch so, wie er es vor seinem Urlaubsantritt zurückgelassen hatte. Demnach hatte es sich also gelohnt, jemanden anzuheuern, der zweimal am Tag nachschaute, ob alles in Ordnung war.

Er betrat die Produktionshalle und knipste das Licht an. Auch hier sah alles so aus, wie er es zuletzt in Erinnerung hatte. Doch dann bemerkte er diesen eigenartigen Geruch, der ihn irgendwie an Fäkalien erinnerte. Es stank aus dem Abstellraum! Grau schloss die Tür auf, schaltete das Licht ein und stand sekundenlang unter Schock. Auf dem Boden des Abstellraums lag ein gefesseltes Mädchen, deren Augen und Mund mit braunen Klebestreifen verschlossen waren. Der penetrante Uringeruch war unerträglich.

*

Westermayer fühlte sich elend. Der Anblick der verzweifelten Eltern bereitete ihm fast körperliche Schmerzen. Hatten Sie verloren? War Nadine vielleicht schon tot? Er musste Verstärkung anfordern. Mehrere Hundertschaften, die Bevölkerung mobilisieren. Er musste ...

Ein Polizeibeamter kam die Treppe herunter, bemerkte Westermayer und stürmte sofort auf ihn zu. Sie wechselten einige Worte und als der Hauptkommissar zu den Hagedorns sah, war er nicht mehr der Mensch von eben. „Ihre Tochter lebt! Wir haben Sie! Sie lebt!" Für ihn war es ein unglaublich schönes Gefühl, seinen eigenen Worten zu lauschen.

Die Hagedorns fielen einander in die Arme und weinten hemmungslos.

„Wo ist sie?", fragte Sylvia Hagedorn unter Tränen. „Wie geht es ihr?"

„Ein Notarzt kümmert sich gerade um sie. Wir fahren sofort los!"

Während der Fahrt zu dem Natursteinwerk zwischen Heskem und Wittelsberg erklärte Westermayer den Hagedorns alles was er wusste. Als ein Rettungswagen, das Fahrzeug des Notarztes und ein Dienstwagen der Polizei in Sicht kamen, sah Westermayer im Rückspiegel wie sich die Hagedorns an den Händen hielten. Er stoppte, zu dritt liefen sie zum Rettungswagen.

„Sie ist sehr geschwächt und dehydriert dazu", erfuhren sie vom Notarzt. „Aber jetzt ist das Mädchen in guten Händen. In ein paar Tagen ist sie wieder auf den Beinen."

„Wann kann ich mit ihr sprechen?", fragte Westermayer.

„Geben sie ihr noch etwas Zeit. Sie hat eine schlimme Zeit hinter sich."

Westermayer nickte. „Natürlich! Hauptsache, dieser Albtraum hat ein Ende gefunden." Dann sprach er mit dem Firmenbesitzer Stephan Grau und erfuhr die näheren Zusammenhänge, Manfred Hellmer betreffend. Wenig später ging es hinter dem Krankenwagen her, zurück nach Marburg.

Im Präsidium ließ der Hauptkommissar Manfred Hellmer wieder in den Verhörraum bringen. Der Mann begann sofort wieder zu lamentieren und drohte Westermayer mit einer Klage. Der Hauptkommissar hörte ihm geduldig zu, drehte sich um und verließ den Raum. Für ihn war es unmöglich, all seine Verachtung in Worte zu fassen.

„Ein Horror-Thriller vom Feinsten!" - Charly in COOLIBRI

BEKLEMMENDER THRILLER AUS DEM RUHRGEBIET!

Roland, David und Thomas verbindet seit mehr als zwanzig Jahren ein dunkles Geheimnis. Gequält durch seltsame Begebenheiten versuchen sie sich ihrer Schuld zu stellen. Doch um Frieden zu finden, müssen die Freunde ihre Angst bezwingen und in den Hattinger Wäldern noch einmal an den Ort ihrer schlimmsten Alpträume zurückkehren.
Auf dem Weg in die Vergangenheit beginnt für die Männer ein unerbittlicher Wettlauf gegen die Zeit und die Geister, die ihnen folgen.

MARTERPFAHL
von Stefan Melneczuk
288 Seiten, Taschenbuch, 12,95 €
ISBN 978-3-89840-011-4

„Auf Augenhöhe mit Stephen King!" - RGA

„Melneczuks Marterpfahl fesselt Fans des Grauens!"
- WOCHENKURIER

BLITZ
www.BLITZ-Verlag.de